しつけはどうする？
将来どうなる？

ダウン症児を育てるってこんなこと

たちばな　かおる

講談社

はじめに

はじめまして！　漫画家のたちばなかおるです。

我が家にはダウン症のある長男ユンタ（小３）を筆頭に、反抗期真っ最中の次男ダイ（小１）、一向にママ離れのできない三男いっちゃん（４歳、保育園年少クラス）という手のかかる３兄弟（プラス精神年齢が小４くらいの夫）がおり、家事に育児に、日々悪戦苦闘しています。

いえ、悪戦苦闘なんてそんなアクティブでパワフルなものではありません。私の育児にまつわる精神状態はもはや疲労困憊《こんぱい》、神経衰弱の域に達しています。

あー、休みたい！

でも休めない！

子育てってホント、嵐の中で遭難しそうないかだに乗っているようなものですね！

この本は、怒濤、激震の乳幼児期をなんとか乗り越えた（つもりの）私が、

「子どもの障害は受け入れた。それでこの先どうなるの？」

という、少し先の未来に向けた不安や疑問や愚痴をぶつけたエッセイです。

さまざまな悩みに答えてくださる専門家や、先生方へのインタビュー、ロコミ情報、ダウン症のある男の子を育てていらっしゃる奥山佳恵さんとの対談もあります。

同じ境遇のお母さんが、この本を読むことで少しでも元気になってくれたら本当に嬉しいです。「子どもに障害がある」って、それだけですでに友達みたいなものですから！

ダウン症児のご家族だけでなく、自閉症や発達障害のあるお子さんのご家族、なんとなく自分の子が健常児と違うと感じている方、障害児のいる生活に関心のある方、保育関係者や医療関係者の方々にも手に取っていただけたら幸いです。

ダウン症児を育てるってこんなこと◉目次

第1章　頼む！　育ってくれ！

第2章　私の子育て、こんなんでいいの？

第3章　私の友達

第4章 一人立ちできる人になってくれ！

第5章 本当にありのままでいいんですか？

序章
今も悩んでばかりです！

ユンタを出産したのは35歳11ヵ月の時でした。

高齢出産とはいえ、そこまで慎重になることもなかろう、と思っていたうえに、出生前診断が今ほどポピュラーではなかったので、

まさか**自分のお腹の中にダウン症の子がいる**とはチラリとも思わず、ごく普通の妊娠生活を送っていました。

予定日より1ヵ月早く、2786gで生まれた初めての我が子がダウン症。

その事実は、目の前が真っ暗になるような、絶望そのものでした（詳しい話は拙著『毎日の生活と支援、こうなってる　ダウン症児の母親です！』を読んでいただきたい、というか、ここには書ききれないので省きますが）。とにかくもう、告知を受けた後の私は**落**

ち込む、泣く、ほんの少し開き直ってがんばる、悩む、また落ち込む、泣く……と、えんえんこんなことを繰り返していました。

「お母さん元気出して。ユンタくんこんなにかわいいじゃない」などと言ってくる人がいようものなら、

「だったらしばらく預かってくださいよ！」

と真顔で詰め寄らずにはいられないほど、不安と恐怖で緊張しっぱなしの毎日でした。

誰かに代わってもらいたかったです、本当に。

さすがにあれが私の人生初の育児だったのかと思うと、自分で自分を後ろからギュウッと抱きしめてあげたくなるのですが、まぁとにかく、ユンタは生きたし、成長もした。

弟が2人できたし、学校（特別支援学級）にも通っている。

友達もできたし、肺炎で入院することもなくなった（たぶん）。

言葉は相変わらず遅いけど、発声が増えて周りとのコミュニケーションもずいぶん取れるようになった。

おおむね、良好だ。
よかったよかった。
今までどうにかなったんだ、
きっとこれからもなんとかなるさ！
ランララ～ン♪（鼻歌まじりにお皿を洗う）
ん……？（手を止める）
………（空をにらんで）

なるか!?
本当になんとかなるのか!?
がっっしゃーーーーん
（皿が割れる音）!!

小学校はゴールじゃない。この先も中学、高校、その先とユンタの人生は続く。
しかし私の健康はいつまで続くかわからない。長きにわたる育児ストレスが思わぬ病を招かないとも限らない、マジで。

「自分が先に死んだらこの子はどうなるんだろう」

この思いは障害児を持つ親の一番の不安だと思います。

この不安が少しでも軽く小さくなるよう、できることなら納得する形で、おじさんになったユンタをどなたか（どこか）に託したい。

そのために、今できることを手探りで見つけてゆく。解決できるものは解決し、悩みが尽きなければせめて選択肢を持つ。

それが、今の私にできる精一杯の「ユンタ育て」だと思っています。

ユンタ育て（おもに祈るだけ）
ぐかー
牛乳がこぼれていませんように……
こぼれてる→

9歳になったユンタが一人でできること、できないこと

身のまわりのこと

・朝晩決まった時間に寝起きする　→○
・一人で着替える　→○
・自分の意思でポケットにハンカチを入れる　→✕
・かた結びができる　→○
・蝶結びができる　→✕
・脱いだ服をたたむ　→✕
・爪を切る　→✕
・鼻をかむ　→○（要介助）
・歯を磨く　→△（要介助）
・立ち便器で用を足せる　→✕（使えるのは洋式のみ）
・服のボタンを留める　→△（一番上ができない）
・ベルトを締める　→✕（未経験）
・髪を洗える　→△（シャンプーはできるがシャワーで流せない）
・シャワー後、体を拭いて服を着る　→△（かなり濡れたまま着てしまう）
・顔を洗える　→△（石鹸は無理）

食事に関して

・箸でご飯を食べる　→○
・箸で豆腐をつかむ　→✕
・時間内に一人前を完食する　→✕
・ケチャップを適量かける　→✕（かけすぎて残す）
・コップに飲み物を適量入れる　→✕（入れすぎて残す）

・魚の骨を取れる　→✕
・好き嫌いせずなんでも食べる　→✕
・電子レンジで冷凍食品を温める　→〇（自動ボタンのみ）

学校や社会でのこと

・挨拶ができる　→〇（不明瞭ですが）
・雑巾をしぼる　→△（弱い）
・歌を歌う　→△（音痴）
・鍵盤ハーモニカで合奏に参加する　→✕
・一人で学校に行く　→〇
・学校でなにがあったか教えてくれる　→✕
・傘をさして歩く　→△（時々捨てる）
・信号を守る　→〇
・曜日の感覚がある　→△（平日、休日の違いしかわからない）
・時計が読める　→△（デジタルのみ）
・30までの数字が読める　→〇
・足して10までの足し算ができる　→〇
・ひらがな、カタカナが読める　→〇
・ひらがな、カタカナが書ける　→〇（ちょっとおまけで）
・自分の名前が書ける　→〇
・人前で自分の名前を大きな声で言える　→✕（囁く程度）
・伝えたいことを伝えられる　→〇（2語文、または単語の羅列）
・自分の誕生日がいつだかわかっている　→△
・電車におとなしく乗っていられる　→△（靴をはいたまま座席から外を見ようとする）
・一人で買いものをする　→✕
・鉛筆を削れる　→△（要介助）

・翌日の時間割を見て支度する　→✕
・ボール投げができる　→○
・バットにボールを当てる　→△（時々）
・プールで顔をつけて浮く　→○（泳げはしない）

その他

・リモコン操作で録画した番組を再生する　→○
・チャンネル権を他者に譲る　→✕
・洋服屋で着たい服を選ぶ　→○
・床屋で髪が切れる　→✕（いまだに切るのは私）
・体調の悪さを具体的に伝える　→○
・病院の待合室でおとなしく待てる　→○
・注射で泣かない　→✕（大泣きする）
・歯科で泣かない　→✕（大泣きする）
・ジェットコースターに乗れる　→○
・自転車に乗れる　→✕
・小動物に触れる　→○（猫が好き）
・絵本を一人で読む　→△（眺めているだけに見えるが真偽のほどは不明）
・映画館で映画を観られる　→○（アニメのみ）

第1章

頼む！
育ってくれ！

1 順調だった入学当初

小学校の特別支援学級に入学したユンタは、目覚ましく成長しました。守られるばかりの保育園時代を終え、ランドセルを背負ってブカブカの黄色い帽子をかぶり、通学路を黙々と歩くユンタの目には、

「攻めの時代、オレの時代」

と言わんばかりのやる気がみなぎっていました。

入学当時、ユンタの通う特別支援学級は1年生が4名、2～6年生が合わせて16名の総勢20名でした（ちなみに1年生は1年生のみで1グループ、2～6年生は学年にこだわらず、個人の特性に合わせて3グループに分かれていました）。

小さな机を4つ並べた小さめの教室。

ユンタがそこで学んだことは、ひらがなの書き方や数の数え方だけではありません。それよりももっと前の段階、**この世には文字というものがあり、それを並べると言葉になり、言葉をつなげるとお話になる、**という、言葉の概念そのものでした。

さらに言うともっと前の段階、**この世には時間が流れている。曜日というものが繰り返している。**

さらに言うともっともっと前の段階、**友達がいると楽しい、**という、親がどうがんばっても教えられないことを、学校で学んで（知って）くれたのです。

私はこの頃のユンタを思い出すたび、**洞穴の壁に貝のかけらで絵を描き始めた旧石器時代の人々**や、サリバン先生に手に水をかけられて**ウオォォォォタアァァァァァァ！！！**と叫んだヘレン・ケラーを連想します。

完全な身辺自立はまだムリだけど（**立ち便器が使えず公園で苦労したり、**

歯磨きを異様に嫌がるので毎日が虫歯菌との戦いだったり、傘がさせなくて雨が降るたびずぶ濡れになったり、偏食が激しくなって毎日から揚げとウィンナーしか食べなかったり、ああ、言いだすとキリがない……）それでもなんとか最低限のことはできるようになった（と言わせてください）！

これからキミが身につけるべきものは「学び」だ！　小学校は学びの場だ！

ユンタよ、大いに学んでくれたまえ！

友と共に！

希望と共に！

高らかにそう願う私の眼差しも、ユンタ同様、過剰に輝いていたことでしょう。

まさか小2であそこまで停滞するとは思っていませんでしたから（死んだ目）。

2

小2、停滞期の始まり

2年生になったユンタは学校にも先生にも友達にもすっかり慣れました。**むしろ慣れすぎてしまいました。**

入学当初のやる気や緊張感が根こそぎなくなり、ただ漫然とゴロゴロぐだぐだするばかりの怠け者になってしまったのです。

登校時間になってもパジャマを着替えようとせず、出べそを出してソファでゴロゴロ。手と顔は朝食のウィンナーの油でべったり。口の中にはウィンナーのかけらがごっそり。なにを言っても、褒めてもおだてても無視されるので、脇を抱えて無理やり立たせ（座り込んでもお構いなしに）、パジャマを引きはがして着替えさせ、濡れたタオルで顔を拭く。

嫌がって泣き叫んだらこれ幸いと歯ブラシを突っ込んで歯を磨く。

こうなるともう絶対にランドセルなど背負わないので、無理やり靴をはかせて、右手に泣き叫ぶダウン症児、左手にランドセルを抱えて小学生の大群をかき分けながら学校に連れて行くしかないわけです。

そりゃあもう鬼の形相です。近所の話題です。

もちろん学校に着くなりいい子になるわけがありません。

当時はやれ隣の子の髪を引っ張った、ノートを破った、座り込んで動かなくなった等々、毎日のようによからぬ報告が連絡帳にびっしりと書かれていました。そのひとつひとつに「申し訳ありませんでした」と書く私の気持ちは、停滞どころか荒廃の一途です。目なんて完全に白目です。

それでも、ジャンプの前のしゃがみ込みであってくれと願って気力を振り絞った1学期。

半ば諦めながらも、長い踊り場にいるだけだと耐え忍んだ2学期。

そして、年を越しての3学期。やっぱり彼は、ソファで出べそを出してゴロゴロし続けているのでした。

もう本当に、どうすればいいのかわかりません。彼はなにを言っても聞く耳を持たず、発声もほとんどなく、**から揚げとウィンナー以外、なにも興味を示さないのです。**

こんな状態の息子を相手に、どうすればいいというのでしょう。好きなだけゴロゴロさせればいいんでしょうか？　無理にでも外に出すべきなんでしょうか？　すでに近所で話題になる程度には連れ出していましたが、それじゃ足りなかったんでしょうか？　学校が嫌なんでしょうか？　ウィンナーの食べすぎでしょうか？　そもそも誰になにを質問すれば解決するのでしょうか？

解決策を見つけられなかった私は、**障害があるということは、限界がある**

というこなのかもしれない、と、諦めるようになりました。

ゴロゴロしたいならすりゃあいい。それが望みなら好きなだけゴロゴロせい。ウィンナーはちょっと減らすが。

当時の私には、ゴロゴロ&ウィンナーを認めることが唯一の「できること」だったような気がします。

迎えた3学期、私は空洞の目で毎朝の戦いをこなし、「申し訳ありませんでした」と書き続け、長い踊り場にいるのは私のほうかもなぁ、と深いため息をつくばかりでした。

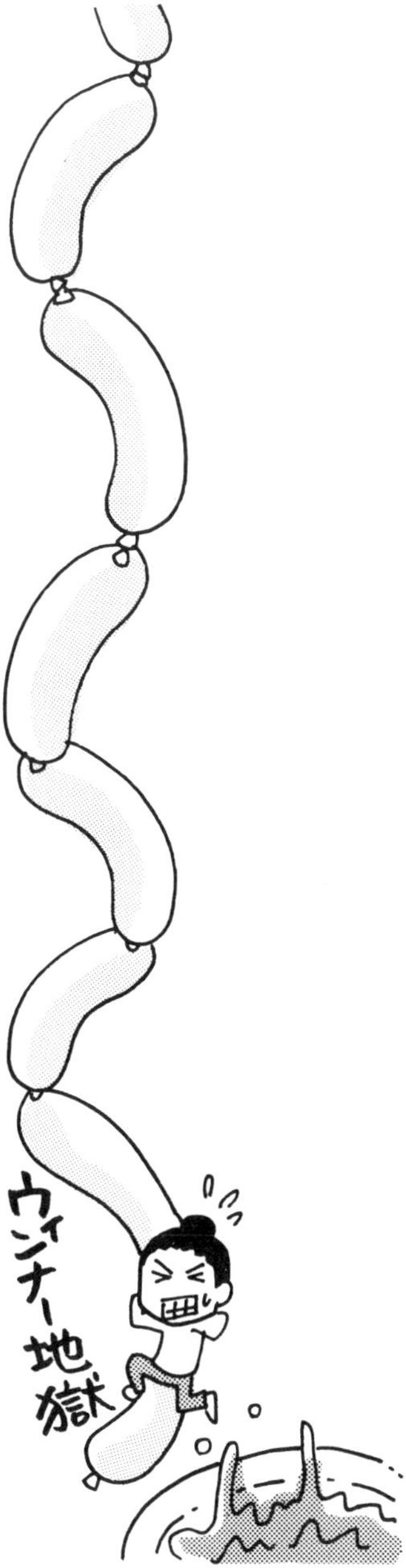

3 ダウン症児同士の比べっこ

小2の冬休み。

ゴロ寝ウィンナー魔人と化したユンタには、どこかへ行ってハジけたい、という願望がまったくない様子でした。

お正月らしくお餅を食べることも、お年玉でおもちゃを買うこともありません。ただえんえんと、昔録画したアニメを見ながら**ウィンナーを食べるだけ**です。

もちろんそれがいいとは思っていませんが、とにかく彼を活性化させる手だてがないのです。

そんなある日、ユンタと同い年のダウン症児を育てているママさんたちと話す機会がありました。

「2年生になって目覚ましく成長した！」

「2年生になって精神面が強くなった！」

等々、羨ましい話が次々に出てきます。中には、

「ピアノを始めた」

「算数教室に入った」

「家族でサイパンに行った」

などという、いわゆる普通の小学生のいる暮らしをまっとうしている家庭もあり、私は

「へぇーすごーい！」と平静を装って言いながら、我ながらここまで？　とうろたえてしまうほど、落ち込みました。

ちょ、皆さんそんないろいろやってんの⁉
ウチはなんにもやってないよぉぉぉぉ！
寝っ転がってウィンナー食べてるだけだよぉぉぉ（涙声）！

ユンタには小2ならではのよい面の成長がなにひとつ感じられませんでした（気になる

子、気に入らない子の頭を叩くなどのマイナス成長も成長のうち、というなら確かに成長しましたが、こんな成長はひとつも嬉しくありません。**しなくて結構！**）。

月に2～3回通っていた放課後等デイサービス（ダンス中心）も、レッスンについていけずに座り込んで泣くだけになってしまったのでやめさせましたし、サイパンどころか、まともな家族旅行はしたことがありません。どこに連れて行っても座り込んで泣くことが多く、こちらの気力が萎えてしまったのです（言い訳ですが）。

順調に成長している同い年のダウン症児事情を目の当たりにして「置いていかれる焦り」を感じた私は、**あんなに周りの健常児と比べない、と心に決めてこの子を育てていたのに、実際もう比べることはなくなっていたのに、今度はダウン症児同士で比べっこかよ！**と、自分に嫌気がさし、さらに落ち込んでしまいました。

ダウン症児同士で優劣を競うなんて、本当にバカげていると頭ではわかっているのですが、なにせサンプル数が少ないこともあり、5〜6人の仲間についていけていないだけで、ユンタが日本一ビリのダウン症児（略してビリダン）と思えてしまう。

おけいこ事をさせることも、サイパンに連れて行くこともできない自分を、日本一ビリのダウン症児の母（略してビリダン母）だ、とも。

これ笑い話じゃないですよ!?　本当に、焦っているんです、気力の湧かない自分にも、動かないゴロ寝ウィンナー魔人にも！

あーっ！　困った困った（開き直って逆切れ気味に）！

そういや
スーツケースも
持っていません
高……
5万円

4 ユンタの失踪

絶賛ゴロ寝ウィンナー魔人変身中のユンタがある日、**失踪しました。**

熱を出して学校をお休みし、リビングでいつものゴロ寝ウィンナーを決め込んでいたはずのユンタが、気付くといなくなっていたのです。

玄関には靴がなく、ドアのロックも外れています。外に出たのは確実です。急いで私も近所を探してみましたが、どこにも見当たりません。

とにかくいったん家に戻り、学校と学童クラブに連絡しました。ユンタが一人で行けるのはこの2ヵ所だけのはずだからです。

もちろん私も自転車でユンタのいそうな場所を片っ端から探しました。公園のトイレや、通学路の途中にあるマンションのエントランスホールも探しました。

しかしどこにもいません。

自分の名前も住所も言えないユンタがいなくなってしまった。バスにでも乗ってしまったら完全にお手上げだ。

おそらく恐怖心もないので、際限なく遠くへ行ってしまうだろう。仮にどこかで保護されたとしても、身元不明のまま5年くらい経ってしまったら、ユンタは家族のことを忘れているかもしれない。

最悪、身代金目当てで誘拐され名前や住所を聞かれるも、なにも答えられないので「使えない」と判断され、殺されるかもしれない。

なんだか急に怖くなり、いつもは行かないエリアにある交番に助けを求めに行きました。するとユンタが、机でのんきに絵本を眺めているじゃありませんか！

なんだよその寛《くつろ》ぎよう！　危機感ゼロかよ！　安心どころか腹立たしいよ！　逆に！　と内心毒づく私に、穏やかに説明してくださったお巡《まわ》りさんの話によると、ユンタは大通りの交差点を渡れず立ち往生していたらしく、たまたまパトロールで通りがかったので念のため保護した、とのことでした。

私は交差点の先にコンビニがあるのを思い出し、「コンビニでなにか欲しかったの？」とユンタに聞きました。

ユンタは小さな声で「ソーナー……」と答えました。


ウィンナーかよ！

ウィンナーウィンナーしつこいよ！


内心さらに毒づいていた私に、お巡りさんが「**お子さんの登録をなさいますか？**」と聞いてきました。

話によると、ユンタのように自分の名前を言えないなどの障害のある児童は、警察に登録することができ、この登録によって、もしまたいなくなった時は最寄りの交番に申し出るだけで、近隣地区の交番に一斉に迷子の報告がされるので、身の安全を確保しやすく、身元の判明にも役立つとのことでした。


もちろん登録させていただきました。

丁寧にお礼を言って交番を後にし、ユンタの手を引きながら、これからは**失踪にまで気を回さなくちゃいけないのか……**と、果てしなく暗い気持ちになりました。

頼む！　育ってくれ！　と、心の底から願いながら、ウィンナーを買って家に帰りました。

5 回復の兆し

ユンタには2人の弟がいるのですが、この2人がまた毎日毎日朝から晩まで悲鳴、怒号、号泣、不服申し立てを繰り返しており、親の私ですら、そばにいるだけで**体内の病原菌が増殖**する気がするほどのストレスです。

休日などは弟たちのケンカの仲裁と、お菓子以外のものを食べさせる作業で私が消耗しきってしまい、一家団欒《だんらん》とは程遠い状態です。そもそも一家団欒なんて、兄弟全員の機嫌がよく、さらに私にも夫にも気力が残っている場合にしか成立しないわけで、そうなるともう天文学的な確率のうえに成り立つ奇跡のようなもの。平たく言って、ないですね。一家団欒。

そんなある日、夫がテレビゲーム機のＷｉｉと、ミニゲームがたくさん入ったＷｉｉパーティというゲームソフトを買ってきました。

家族でスゴロクでもやろうじゃないかという提案です。これには3兄弟全員が食いつきました。

内心、ゲームはまだやらせないほうがいいんじゃないかと思っていた私ですが、我が家に一家団欒という奇跡が舞い降りるなら話は別です。私が三男を膝に乗せ、スゴロクを始めました。

次男が5分で飽きました。

飽きた流れで壁に向かって逆立ちを始め、バランスを崩して三男に激突。あっという間に一家団欒のともしびは消え、血で血を洗うような兄弟ゲンカが始まりました。

Wiiをもってしても、我が家に一家団欒は訪れなかったのです。

しかし、ここで目を輝かせたのがユンタです。半年以上、うつろな目でゴロ寝していたユンタが「スゴロク、やる」と言って、自らの意思で立ち上がったのです！

1プレイヤーモードに直して一人でスゴロクを始めたユンタは、6が出るたび拳を突き上げて全力でジャンプし、「やったぁぁぁーーー！」と大喜びしています。スゴロク内のミニゲームが始まると運動会ばりの掛け声で自分のキャラクター「ユンちゃん」を応援し、サイコロが2つになった時は両手を広げて必死に足し算しているのです！　目が輝いているのです！

休日をスゴロクですごすうちに（平日はゲーム機ごと隠していました）、ユンタはゲーム機を自分でテレビにつなげられるようになりました。3本の線をつなげてリモコンの入力切り替えを自分でできるようになる日が来るなんて、思ってもみなかった！

そしてなにより驚いたのは、あんなに執着していたウィンナーを、**コントローラーがべたべたになるから食べない、**と意思表示してきたのです！

ゲームは一日30分、ぎりぎり1時間まで、なんてルールが世の中にはあるようです。もちろん、それが理想だと思います。きっと次男、三男に対しては口うるさくそう言うと思います。

だけどユンタの場合は、今回だけは、**そんなルール、無視したっていいじゃありませんか！　こんなに頭と体を全力で使い、偏食までなくなったんです！**

おやりなさい！

おやりなさい！

と、母は涙ながらに思うのでした。

その後のユンタは毎日スゴロクができる幸せな春休みを満喫し、気力と活力を取り戻したように見えました。３年生に進級する直前の、嬉しい嬉しい出来事でした。

ありがとう！　スゴロク！

ありがとう！　Ｗｉｉ!!

6 次男の入学

2015年春、ユンタは無事3年生に進級、同時に次男ダイはユンタと同じ小学校（の通常学級）に入学しました。

ここで私は初めて「通常学級」なるものをじっくり見ることができました。

身の回りにダウン症を持ちながら通常学級に通っているお子さんがいたり、ダウン症があるけれどもゆくゆくは通常学級に入れたいというお母さんがいたりするため、つい「ユンタだったらここに入れただろうか？」という視点で通常学級を見てしまうのですが、これはもう完全に、100%、疑いを挟む余地なく、

ユンタには無理です!!

学習面はもちろんのこと、まず団体行動のペースについていけないでしょう。体育着、水着への着替え、教室の移動、提出物の受け渡し、道具箱の整理整頓、給食、帰宅、なにをとっても、みんなとってもスピーディーなのです。

ユンタがここにいたら、窓の外の嵐を部屋の中からぼんやり眺めるおじいさんのようになっていたことでしょう。なにひとつ身につくことなく、すべてが素通り。他人事《ひとごと》。ポカーン。つくづく、障害児にとっての不幸とは障害の重さではなく、能力に見合ったサポートを受けられないことなのだと痛感します。

さらに、特別支援学級には、通常学級にはない「生活力アップのための工夫」が随所になされていることがわかりました。

例えば、通常学級の体育着は巾着袋に入れますが、特別支援学級では風呂敷に包みます。

6年かけてかた結びと服のたたみ方を練習するのです（ユンタはまだまだ不完全）。ノートは通常学級のような学習ノートを使わず、配られるプリントに記述し、それを自分のファイルに綴じるまでが授業の一環。

食事のマナー、食後のうがいを習慣化させるため、ランチョンマットとコップを持参するのも特別支援学級ならではです。

その他に月に1回、1時間程度の言語聴覚士による個人授業や、無料で脳波の検査を受けられる制度などもあり、本当に至れりつくせり。特別支援学級って素晴らしい！　義務教育バンザイ！　と思わずにはいられません。

通常学級で買わなくてはいけない鍵盤ハーモニカ（ピアニカ）や絵の具セットは、特別支援学級では買う必要がありません。学級で用意してもらったものを使い、学級で保管してもらいます（どちらもそこそこかさばるので、通学時の荷物を減らす配慮かな、と思います）。

公開授業（昔でいうところの授業参観）は、通常学級では文字通り授業の公開ですが、特別支援学級では「お楽しみ会」がメインです。チームに分かれて風船バレーボールをしたり、フルーツバスケットをしたり、各自授業でがんばったことの発表をしたりします（この発表会が毎回泣けるので要、心構《ハンカチ》えです）。

通知表はどちらもA4サイズのクリアファイル（透明なポケットに書類を入れるタイプ）で渡されます。通常学級では「よくできています」と「がんばろう」に評価が分かれていますが、特別支援学級ではできる、できない、の評価はなく、「基本的生活習慣・社会性」と「教科（国、算、音楽、図工、体育、生活、その他）」について、それぞれの現状が細かく書かれています。1学期のユンタの通知表には、人参を切った、プールのヤゴを網ですくった、100まで数えた、などの「できたこと」がたくさん書かれてあり、とっても励みになりました。

ちなみに次男の入学により、ユンタの朝のぐずぐずは劇的に改善されました。次男に負けまい！　と猛スピードで身支度し、次男に後れを取ってなるものか！　と、かつてない速さで歩いて学校に向かうようになったのです！　**ユンタにもそんなアツさがあったのです！**

泣き叫ぶユンタとランドセルを抱えて鬼の形相で通学させていた私にとって、2015年の春こそが、**子育て史上初の心の春**と言っても過言ではありません！

7 移動教室ビフォーアフター

ユンタが小3になり、GW《ゴールデンウィーク》をすぎたあたりから、私は猛烈に特別支援学級の先生方に**土下座したい衝動**に駆られるようになりました。なぜなら、5月下旬に初めての「合同移動教室（富士吉田市）」を控えていたからです（近隣地区3校の特別支援学級の3年生以上の生徒と先生方、専属医師で1台のバスを借り切って行きます）。

小3になり、ゴロ寝ウィンナーの一件もだいぶ落ち着き、朝の支度も早くなったとはいえ、**それは朝だけの話です。**

朝の時点で一日の大半のパワーを使い切ってしまうのか、学童クラブからヘルパーさんと帰宅する頃には「もう食事する力もありません」といった風情で、口にご飯を入れるなり目を閉じ、一噛みごとに体が傾き、飲み込む頃にはおでこが完全にテーブルに付いているような状態なのです（これをつついて起こしてまた一口、を1時間以上繰り返すという、もはや子育てというより**介護に近い食事風景**）。

こんなユンタを2泊3日も預かり、山登りやらキャンプファイヤーに連れ出し、食事させ、風呂に入れ、寝間着を着せ、寝かし、起こし、また着替えさせ……、**そりゃ土下座のひとつもしたくなるという話です！**

今のところ朝だけはがんばれていますが、これが移動教室先となるとそうはいかないでしょう。食事も介助なしで食べきれるとは思えません。そもそもユンタは入院以外で外泊をしたことがないのです。

しかもユンタは出発2日前に中耳炎を発症。薬持参での出発となってしまいました。ユンタは薬を飲んだ後、牛乳を飲ませないといつまでも「苦い」と言って不機嫌になるのですが、移動教室先でわざわざ投薬とセットで牛乳を用意していただけるとは思えず、こうなるといよいよ私には**土下座以外できることがありません。**

当日の朝は、バスの出発場所まで夫が送りに行きました。私が行ったらユンタがぐずぐずしてバスに乗り込まなくなるかも、と思ったからなのですが、夫曰く、ユンタはまるで親なんか最初から来ていなかったかのように一度も振り返らずにバスに乗った、**俺は一体なんなんだ、**とのことでした。えらいぞユンタ！

こうして、ユンタのいない2泊3日が始まりました。ここまできたら後は運を天に、もとい、ユンタを先生方に任せるしかありません。土下座！

ちなみにユンタのお世話がなくなる分、育児（介護）が少しは楽になるかと思いきや、まったくそんなことはありませんでした。

ユンタがいないのをこれ幸いと、三男が強烈なママっ子に変身したのです。おかげで私は20キロの4歳児を常に抱っこし続けることとなり、**筋力の限界に挑戦するような2泊3日**を送ることとなりました。

もちろん三男の気持ちもよくわかります。生まれた時から手のかかるユンタがそばにいて、ママはいつもお世話でカリカリ、キーキー。ユンタのいない日くらい、ママと平和な時間をすごしたいのでしょう。

心配性の次男は常に「ユンタ大丈夫かなぁ～」と気にしていました。「夜ごはんにウィンナー出るかな～」と。弟たちにとっても、初めての気持ちがたくさんあったようです。

2泊3日があっという間にすぎ、ユンタは疲れた様子もなく、笑顔で帰ってきてくれました。そして、かつてない熱意と勢いで、なにがあったかを伝えようとしてくれました。不明瞭でなにを言っているかよくわかりませんでしたが、どれだけ楽しかったかは、何度も繰り返される「一人ボケつっこみ」のような身振り手振りでよくわかりました。

ユンタは移動教室後、ぐんと発声が増えました。言葉が遅いユンタにとって、これは大きな成長です。旅には人を成長させる力があるのだと、痛感させられました。

旅だ！　かわいい子には旅なんだ！

ユンタを頼もしく思う反面、家族旅行へのプレッシャーがますます募る母なのでした……（汗）。

聞いてください！　私の愚痴❶

次男三男に手がかかって仕方ないという、男兄弟を育てるうえでのありふれた愚痴への相槌として、**「それってきょうだい児だからですかね？」**と言われることがあります。

ユンタの成長がゆっくりなのは一目瞭然なので、直接ユンタに「かわいそう」と言う人はいませんが、次男三男は私の想像以上に同情されているのかもしれません。

ダウン症のお兄ちゃんを死ぬまで面倒見なくちゃならないかわいそうな弟２人、とか。

どちらがより大変な思いをするのかしら、とか。

お兄ちゃんの障害のせいで、さぞ理不尽な思いをしてきたのだろう、とか。

その流れでさぞ育てにくい子なんだろう、とか。

お母さんはお兄ちゃんを任せるために下に２人産んだのだろう、とか（そんなこと考えたこともありませんが）。

ちょっと考えただけでもユンタ本人よりむしろ弟たちのほうが同情されそうな項目が多く、今さらながら「弟たちよ、そのへんは適当に聞き流して図太く生きてくれたまえ」と思わずにいられません。

最近はこういった「身内をひっくるめた家族単位の同情」が増えたように思います。

こうなるとなんだか我が家は**「あのウチよりはマシ」と思われるためのかわいそうなサンプルになっているような気がしてくるわけですが、それならそれでいいや**、と思います。むしろそんな感じで皆さんを安心させてあげられる存在なら、我が家って捨てたもんじゃないな、価値があるな、と喜ばしく思います。

もう**本当に、どれだけ同情されてもされ足りないくらい、大変な毎日なので（笑）！**

一方で、最近言われて一番嬉しかったのは、自由業仲間の男女４人（全員子どもはいない）からの飲み会の誘いを、子どもの世話があるという理由で断った際の、

「だったら子どもみんな連れて来ちゃいなよ！　**ダウン症だかなんだか知らないけど、なんとかなるよ！　任せとけよ！」**

という返答です。

なんという、度量！　なんという、軽さ！

本当に任せられたらどうするんだよ！　と思いながら、意外とこんなノリが一番正しいのかも、と頼もしく、ありがたく思いました。さすがにまだ夜の飲み会に連れていくことはしませんが、こんな仲間となら、10年後にはユンタも一緒にビールが飲めるかもしれません。友達の無責任（？）な一言で、10年後の楽しみができました！

第2章

私の子育て、こんなんでいいの？

1 芸を磨く適齢期

ユンタは次の春で小4になります。

小4といったら、書家の金澤翔子さんが権威ある書道展に「花」を初出展し、「般若心経」を書いた学年でもあります。偉大な翔子さんと比べるのも失礼な話ですが、**なんという差だろうか、とため息をついてしまいます。**

翔子さんは5歳でお母様の指導のもと、書道を始めたそうです。再び比べるのもどうかと思いますが、5歳といったらユンタはまだ**名前も書けない状態**でした。筆どころか、**箸もぎりぎり**でした。しかしダウン症なら、これくらいが普通です。いくら翔子さんが優秀なタイプのダウン症児であったにせよ、5歳のダウン症児といったら、まだまだ自立の途中。翔子さんとて、あっさり筆を持てたわけではないと思います。つくづく、翔子さんとお母様の熱意には頭が下がります。

職業柄なのか、時々「お母さんがユンタくんに絵を教えてあげられていいですね」というようなことを言ってもらうのですが、私は**ユンタに絵を教えたことは一度もありません。**

そもそもユンタには絵を描き続ける集中力がありません。もって10分です。気まぐれに描く絵は、いつも決まって楕円に無数のとげを足した**ウニのようなものばかり**です。

もちろん私に翔子さんのお母様のような熱意があれば、飽きてテレビのリモコンをつかもうとするユンタの手を握り、「今のウニ、すごくよかったよ！」「一緒に違う形のウニ描いてみよっか！」と誘導、触発し、ウニを出発点としたユンタなりのウニアートへと進化させることができるかもしれません。

しかしどうしても、**どおぉぉぉぉ**

おおしても、私はウニアートへの情熱が湧きません。せめてそれが静物画や風景画ならまだしも、ウニに関しては「それでよし」としてしまいます。「絵なんてもんは、描きたい時に描きたいものを描くのが一番楽しいはず」と、自分に都合のいい理由をつけて、描く楽しさを教えることから逃げてしまうのです。

しかし小4になろうという今、**俄然《がぜん》、焦っております！**

小4といえば小学校生活も後半です。いい加減、スゴロクゲーム以外の趣味を見つけるべき学年でしょう。自我がほぼ確立し、言葉も通じるようになった。手先の器用さも感情も、おそらく健常の4～5歳児くらいには成長した。4～5歳といえば、**まさに芸を磨く適齢期！**なにかに挑戦させなければもったいない年頃です。

しかし、プールも嫌い、ダンスも挫折（そもそも体力がないので体を動かすのは30分が限界）、工作、パズル、勉強、音楽、料理は集中がもって10分、書道は興味なし、絵はウニ。こんなユンタから得意分野を見つけ出し、育て、伸ばし、支えるという作業は、まるで砂塵吹きすさぶ荒野で育つかどうかもわからない種をまき、水をやり続ける作業のように感じます。

せめて芽が出るという確証があればまだ水をやる気にもなりますが、「よくて五分五分」くらいだとしたら、**そりゃくじけますよ。諦めたくもなりますよ。**

母親失格、と言いたい人は言ってくれ、と開き直りたくもなりますよ!!

けれども開き直ったからといって解決することはなにもなく、焦りは募っていくばかり。

ユンタという荒野でクワとスキを持って仁王立ちしながら、**小4になったらこの地を耕し、種をまこう！　小4になったら！　必ず！**と、またしても自分への猶予を許してしまう母なのでした。

つくづく、翔子さんとお母様を尊敬！！！　です！

2 謝る、謝らないの話

以前、特別支援学校・学級について、障害児教育の専門家にお話を伺った際、「お母さんはお子さんの障害にまつわることで、周りの子どもたちに謝らないようにしてください」と言われたことがあります。

子どもの障害を謝るということは、障害は悪いもの、あってはならないものだと誤った認識を与えてしまうことだから、とのことでした。

なるほどな、と思いました。

思いましたが、私は学校や学童クラブで自己紹介する際は、「息子はダウン症で知的障害があるため、話が上手にできません。癇癪《かんしゃく》を起こしたり、座り込んで動かなくなったりします。お子さんたちにもご迷惑をかけることがあるかもしれませんが、どうぞよろしくお願いします」と、頭を下げることにしています。

頭を下げながら「ユンタのせいで下げなくていい頭を下げてるぜ、ちくしょう！」と思ったことはありません。むしろ早めに謝っておきたい。もし皆さんに「障害児の親ってピリピリしてて近寄りがたい」と思われているなら、そんなことないですよ、温和ですよ、というところをアピールしておきたい。あわよくば**「障害児のお母さんて、がんばってるんだな、感じがいいな」**と思われたい！　**ぜひとも思われたい！**　という気持ちがあるからです。

これはおそらく、会社で産休前に同僚に頭を下げるか下げないか、と同じで、下げる必要は本当はないけれども、下げておきたいと思うか思わないか、という話なのでしょう（私はもちろん下げるタイプです。なぜなら「妊婦って図々しいと思ってたけどそんなことないんだな、感じがいいな」と～以下同文）。

先日、公園でユンタが小1くらいの男の子と遊具の取り合いになり、上手くしゃべれないユンタは奇声をあげて威嚇《いかく》、男の子がびっくりして泣いてしまう、という小さなイザコザがありました。

こんな場合はどうすればいいのでしょう？

男の子を泣かせたのはユンタだけれど、ユンタの威嚇、奇声はしゃべれないという知的障害によるものだと思われます。だとしたら、男の子に「ユンタがおっきい声出してびっくりしちゃったよね、ごめんね」と謝るのは、障害はあってはならない悪いもの、という誤った認識を与える行為なのでしょうか？　ユンタに「ほら、泣かせちゃったよ、ごめんねって言おう」と促すのは間違いなのでしょうか？

私は男の子にも、そばにいたお母さんにも、謝りました。しゃべれないユンタの代わりに、大きい声を出しちゃってごめんね、と言って頭を下げました。男の子はさておき、お母さんはユンタがダウン症とわかったからなのかなんなのか、丁寧に謝り返してくれました。そして清々しく挨拶をして家に帰ることができました。

私はもしかすると、ユンタにまつわるあれこれで頭を下げすぎているかもしれません。障害児教育の専門家から見たら「障害児の母が陥りがちな悪いパターン」の典型かもしれません。でも、ユンタはしゃべれないんです。「ごめんね」が言えないんです。

母親の私が代わりに謝ってなにが悪い！

私が謝らないことで「だから障害児の親とは関わりたくないんだよ」と思われたらどうする！「ユンタくんのお母さんはなにがあっても謝ってくれないからウチの子と遊ばせるのはやめよう」と思われたらどうする！

ひいては**「ウチの子をダウン症児と関わらせるのをやめよう」と思われたらどうしてくれる‼**

私はこれからも、ユンタがなにかしでかした際はユンタの代わりに謝ります。ユンタの障害を謝るんじゃありません。自分の感じのよさをアピールするためでもありません。

健常のお友達に、ユンタやユンタ以外のダウン症児を嫌いになってもらいたくないからこそ、真心をもって、気持ちよく頭を下げたいのです。

それが間違いだと言いたい人は言えばいい。

3 前向きなわけじゃないんです

なぜか時々「たちばなさんは前向きですね、羨ましい」と言っていただくのですが、

ちょっとわけがわかりません。

私のどこが前向きだというんでしょう。

もしかしてその「前向き」という言葉には「おまえは単なる情報難民で、この先やってくる障害児の未来の困難を予測できていないからのんきに笑ってられるんだ、気楽で羨ましいよ」というメッセージが込められているのだろうか、と勘ぐってしまうほど、まったく前向きではないのです。

仮に私が明るく元気で前向きな母に見えたとしたら、それは間違いなく**「負い目隠しの作り笑い」**にほかなりません。

なんの負い目かというと、「家族旅行をしていない」「ディズ○ーランドに行っていな

い」「キャンプ、海水浴、釣り、花火大会などアウトドア全般に行っていない」「家族5人で出かけることが2ヵ月に1回くらいしかなく、それがたいがい近所のスーパー」という事実への負い目です。

厳密にいうと、2年前に一度だけ、義妹の結婚式に家族で出席するため、式場のそばのビジネスホテルに泊まったことがあります。

これがトラウマレベルに辛かった。

この1泊2日が、私からその後の家族旅行の気力を根こそぎ奪い、二度と立ち上がれなくするほどの、絶大なる苦行でした。**もはや恐怖体験と言ってもいい。**

慣れない遠出で硬直するユンタ、興奮しすぎて手が付けられない次男、悪行の権化となった2歳の三男、親戚への連絡などですぐにいなくなる夫。荒れる外食、飛び交う奇声、見つからないオムツ、汚される式用の衣装、そして**絶対に遅刻できない結婚式へのプレッシャー。**

夜は眠れず、朝食は恐怖の象徴、**ホテルのビュッフェ（お察しください）。**式場に着けば着いたで、好き勝手に走り出す弟、座り込んで泣くユンタ、ユンタを抱えて弟たちを追いかける私の、**朝10時の時点でのひどい靴擦れ。**

私は今でも義妹の結婚写真を見るたびに、**靴擦れで血にそまったハイヒール**を思い出し、二度と外泊はするまい、と心に誓うのです。

2年経ち、子どもたちも少しは成長したことでしょう。逃げてばかりいたら、いつまでも外泊のマナーが身につきません。

それよりなにより、3兄弟に家族旅行の思い出のない子ども時代をすごさせるなんてかわいそうじゃないですか！　そう言われれば頷くしかありません。

しかし私には、2年前の、あのパニック体験の恐怖が体に刻み込まれたままなのです。

こうして思い出し、また家族でどこかに泊まりに行くことを想像するだけで、組んだ指や膝が**ぶるぶる震えるほどなんです！**

欧米だったらカウンセラーに相談しに行くレベルなんです！

一体どうしたら皆さんのように家族旅行を楽しめるんでしょうか？　どうすればファミリーカーのCMのようにはしゃいで出発できるんでしょうか？　そもそもこの負い目は感じなくてはならないものなんでしょうか？

家族旅行って、しなくちゃいけないものなんでしょうか？

どこかで「家族旅行ができずに苦しんでいるお母さんのためのシンポジウム」なるものがあったなら、ぜひとも参加したい（こういうところだけは確かに前向き）です！

4 小学生から思春期くらいまでの親の心構えについて

成人に向けて、心と体がどんなふうに成長するのか。障害児の親にとって我が子の成長は期待より不安が大きいのではないでしょうか（私もその一人です）。ここでは筑波大学人間系　障害科学域　知的・発達・行動障害学の教授で、筑波大学附属大塚特別支援学校の校長先生でもある柘植《つげ》雅義先生にお話を伺いました。

たちばな

自分がダウン症（障害者）であるという理解をさせるのに適当な時期はありますか？　そもそも理解させることは必要だと思いますか？

柘植先生

まずは法律について少しお話しさせてください。平成25年に「障害を理由とする差別の解消の推進に関する法律」いわゆる「障害者差別解消法」が制定され、平成28年4月から施行されることになりました（※柘植先生は内閣府の仕事にも関わっていらっしゃいます）。簡単に言うと、「障害者本人が不便さについて支援を求めることができるようになる」ということです。これを踏まえ、障害者本人が自分の障害について理解し、自分に必要な支援がどんなものなのかを知っておくことはとても重要なことになるでしょう。

ですから明確な時期は決まっていませんが、**障害者本人の成長実体に合わせ、自分の障害を理解させることにはおおいに賛成**です。

障害者も健常者の思春期と同じように、自分について悩む時期が必ずやってきます。その時がきたら、「自分には障害がある、だからできない」ではなく、「自分の障害にはどんな支援が必要だろう」ということを、本人を含め、家族で共に考えていけばよいと思います。

もちろん障害は本人や家族だけで解決するものではありません。補助や介助が必要な人にはそれらを使ってもらう。手助けをする。なにができるのか本人がよくわからないようであれば、寄り添って意思をくみ取る。そういった「共生社会の実現」こそが、なにより一番大切なことなのです。

たちばな

初潮、精通は健常者とそれほど変わらないタイミングでくるのでしょうか？　また、性に関心を持ち始めた時の注意点はありますか？

柘植先生

初潮、精通のタイミングは個人差によるものが大きいと思いますが、基本的に障害者も健常者も同じだと思います。

性に関心を持つということは、命に関心を持つということでもあります。ですから性に関心を持ち始めたと感じられるようになったら、**親はまず成長を喜んであげてください。**そのうえで、赤ちゃんだった自分が大きくなったこと、人が育つということ、そして命には終わりがあり、老いて、やがて死んでいくという「命の勉強」を交えつつ、「好きな人に近付きすぎてしまう」とか、「人前でおちんちんを触ってしまう」などの個別の問題に対して、学校や職場・作業所などと連携を取りながら、社会のルールにのっとって「やってはいけないこと」を教えていけばよいと思います。**障害の有無にかかわらず、この時期の子どもはみんな難しい、と気楽に構えていればよいのではないでしょうか？** 意外となんとかなるものですよ。

たちばな

不登校（行きしぶり）が激しい場合はどうすればよいですか？

柘植先生

まず、義務教育中の子どもが学校に行きたがらないという理由で家にいつまでもいさせ、しかも学習を受けさせないなどということは、あってはならないことです。もしお子さんがいじめや精神的なつまずきで学校にどうしても行かれないという事態になってしまったら、親は学校と連携して問題を解決するべきですし、学校での授業内容を聞いたり、配布物を受け取るなどして**「学習空白」を作らないよう努力することが大切**です。学校がどうしてもダメなら、フリースクールやNPO法人を利用することも可能です。その場合、施設によっては出席扱いになることもあります。

どんな子どもにも「学習権」という学ぶ権利があるということを忘れてはいけません。

たちばな

反抗期の対処の仕方は？

柘植先生

反抗期は性への関心と同様に、成長を喜ぶべきものです。これもまた障害、健常にかかわらず、やってくる時期、長さ、激しさは個人差によるものが大きいので「こう言えば、これをやれば解決する」という魔法はありません。ただ、どんなに反抗されて

たちばな

も、社会のルールは守らせるよう、指導しなくてはいけません。

例えばスーパーで駄々をこねられ、しぶしぶジュースを買うことになったとしましょう。これは家庭内の「許す、許さない」の話なので社会的にどうこう言われることではありません。しかし「我慢できず、お金を払う前に飲んでしまった」となったら、それは立派なルール違反です。絶対にやってはいけません。

どんなに反抗されようと、駄々をこねられようと、社会のルールは絶対に守らせる、という意識を持って日々の子育てを続けていけば、いつか必ず反抗期は去っていくものです。

よりよい親離れ、子離れのために心がけるべきことはありますか？

柘植先生

子どもというのは親から離れていくべき存在です。親が子どもを離したくない、と手をつなぎっぱなしでいてはいけないのです。これに障害の有無は関係ありません。

もちろん障害児の母は子を心配し、見守り続けることと思いますが、**障害があるからといって子どもの世話を必要以上にしてあげたり、家にとどめておくのは本人にとって申し訳ないこと**だと思います。

障害児の親は我が子に**「親から離れる面白さ」**も教える必要があるのではないでしょうか。これは年齢にかかわらず、早くから始めてよいと思います。例えば小学校入学や誕生日を節目に「今日からお風呂は一人で入る」などの目標を決め、親子一緒に自立心を育てるのもよいと思います。お年玉を持って好きなおもちゃを買いに行くことも、自分が社会に出て働くというイメージを持つ一歩となるでしょうし、好きな食べものを食べに行けば、それを作る大人に憧れを持つでしょう。「将来の夢を持たせる」ということが、よりよい親離れ、子離れにつながると思います。

たちばな

きょうだい児へのアドバイスはありますか？

柘植先生

思春期になると誰でも自分について考えますよね。人と自分を比べて落ち込んだり、無力さに絶望したり、腹が立ったり。きょうだいに障害者を持つきょうだい児は、これらに加えて**「障害者をきょうだいに持った自分」**についても悩むことになります。これは本当に、大きくて重い課題となるでしょう。もしかしたら友達にも誰にも言えず、疲弊しきってしまうかもしれません。ですからきょうだい児を持つ家族の方々には、「健常児は勝手に育つから放っておいて大丈夫」と決めつけず、障害があるとかないとかでなく、どうかきょうだいに平等に愛情と手と目をかけてあげていただきたいです。

第3章

私の友達

1 ママ友がいません

私には健常児のみを持つママ友が一人もいません。

一人も、です。

じゃあ障害児を持つママさんの友達がたくさんいるかというとまったくそんなことはなく、半年に一度子連れで集まったり、イベント前後にメールし合うくらいの友達が2人いるだけです。

2人です。薄めのママ友が2人です。

我ながらどれだけ殻に閉じこもってるんだよ、社交性ゼロかよ、と情けなくなりますが、今後も健常児のみを持つママ友ができるとは思えません。

例えばママ友（架空）のお宅にユンタを連れて遊びに行ったとしましょう。

おそらくユンタは場所見知りで玄関に座り込みます。それを私とママ友（架空）とママ友の子（架空）がなだめます。

ママ友（架空）はおそらく、

「あちゃー、困ったな。玄関はあんまり掃除してないのに座っちゃったよ。ユンタくん、ウチに来たくなかったのかな。なんか逆に呼んじゃって悪いことしたな。うわ、ウチの子もちょっと緊張しちゃってる。マジかー」

くらいは思うでしょう。思うんです。思うはずなんです。

ママ友の子（架空）も、

「ぺったんこに座っちゃった。変な子」

と思うでしょう。そりゃあ思いますよ、いきなりぺったんこに座られちゃうんですから。

いつ立ち上がるかもわからないユンタをなだめながらのこの空気。訪問するなり始まるこの張りつめた空気。

なんたる気まずさ。ああ、帰りたい。

この流れを予想するだけで完全にママ友宅訪問妄想は霧散するのですが、じゃあ公園や屋外ならどうかというとそれもまた気が乗りません。

ママ友への気兼ねというより、子どもに**「この子（ユンタ）といてもつまんない」**と思われてしまうことが悲しいのです。

現実問題、同年代の健常児にとってユンタは物足りない存在です。遊び相手にはなりません。それは仕方のない事実。

ここ最近、小1の次男が自宅に友達を連れてくるのですが、誰もが一言二言ユンタに声をかけては無視されることが続き、いつの間にか全員がまったくユンタと関わらなくなりました。同じ部屋にいても遊びは別。ユンタはいつも一人になってしまうのです（次男は次男でユンタは放っておいてこっちで遊ぼうぜ！　というスタンス。**身内というのは非情なものです**）。

もちろん、だからといって誰かがユンタに意地悪するわけではないので、それが子どもの世界では自然な姿なのですが、ユンタがその状況を楽しんでいるようには見えません。ユンタは自分と同じような「生きづらさ」を抱えた友達と遊びたいのです。気兼ねなく。

会話を強いられることのない関わりの中で。

この先、そこそこ大人になったユンタが健常の友達と新宿で待ち合わせて映画を観に行くとか、ファミレスで好きな女の子と2時間も3時間もおしゃべりをするとか、さみしさで心臓がねじ切れるような失恋をするとか、めくるめくセックスライフを送るということはありません。

ユンタを育てる9年の間に、ダウン症を持って生まれてくるということは、そういうところを通らないで生きていくということなのだな、と実感するようになりました（もちろん通る方もいるはずですがユンタの場合はちょっとないですね。うん、ないです）。

「子どもの成長を喜び合う」のがママ友なのだとしたら、やはり私はユンタのような「通るべきところを通らないと思われる子」のママさんとしか、本当の意味での喜びを分かち合えないような気がします。

だからおそらく、今後も（健常児のみを持つ）**ママ友ができるとは思えないのです。**

2 次男のヒーロー

余りにも個人的な話すぎて活字にするのもはばかられるのですが、私はアメリカのテレビドラマ「THE WALKING DEAD」というゾンビドラマの大ファンで、もとい、大大大大大大ファンで、一日の大半を**ダリルとキャロルの幸せを願うことに費やしている**といっても過言ではありません。ダリキャロの幸せの方向性と可能性にかけては**卒論なら3校分はいける、**というくらい言いたいことがあるのですが、鬱陶《うっとう》しがられそうなのでそれはさておき、結果から申し上げますと、このドラマが私の人生、ひいては兄弟（特に次男）のあり方に大きな変化をもたらすこととなりました。

というのも、このドラマのファンである、というつながりで、なんとこの私に、薄いママ友が2人しかいないこの私に、**新たな友達ができたのです！　思う存分、ゾンビドラマの話ができる素晴らしい仲間なのです！　まぁ**

ここでも私のダリキャロ話は長すぎると不評を買っているのですが！

このゾンビ友達の中の一人に、「ダウン症だかなんだか知らないけど、（ユンタを飲み会に）連れて来ちゃいなよ！　なんとかなるよ！」と無責任なほど軽く言い放った、見た目ほぼほぼプロレスラーのKくん（37歳、独身、フリーライター）がいます。とある夏の日、突然「3兄弟とプロレスごっこさせてよ」と、雪駄《せった》をつっかけ、首にタオルをかけ、コーラを持って遊びに来ました。

そもそも子どもへのお土産として2リットルのコーラのペットボトルってどうなのよ、と思いましたが（日頃なるたけ炭酸飲料は飲ませない努力をしていたので）、子どもたちは大容量コーラに大喜び。

しかもプロレス技を次々にかけては大げさに倒れてくれる謎のお兄ちゃんに、3兄弟はあっという間になついてしまいました。

中でも「おまえそれ恋か！　**キャロルを見つめるダリルの目か！**」と言いたくなるほどこのお兄ちゃんに入れ込んだのは次男です。もう、寝ても覚めてもお兄ちゃんに会いたい、お兄ちゃんに会いたい、とそればかり。

しかしそれがただの恋ではないことが、次男の描いた夏休みの絵日記でわかりました。絵日記には、「プロレスラーみたいにちからもちのおにいちゃんは、ぼくのじまんのおにいちゃんです」という文と、お兄ちゃんに**アルゼンチンバックブリーカーらしき技をかけられて笑っている自分の絵**が描かれていました。

次男にとって、Kくんは生まれて初めて出会った**「自慢できるお兄ちゃん」**だったのです。

思えば次男は、ユンタが周りの子とちょっと違うことを誰よりも不安に思いながら、日々葛藤しながら生きてきました。

ユンタは脳みそがないのかな、と本気で怖がる時期もありました。

次男の中で、今のユンタはおそらく、自慢できるお兄ちゃんではありません。遊びに来た友達に「小3なのにしゃべれないんだよ」と苦々しく言い捨てることもあります。無意識のうちに、ユンタの存在が自分への劣等感につながることもあるのかもしれません。そのうえさらに、「でもそれは言っちゃいけない」とわかっているフシもあります。次男にはきょうだい児としての宿命を一人で背負っているような諦めが感じられ、私としてもそれが常に心に引っかかっていました。

そこに突如現れたお兄ちゃんは、まさに次男の前に現れたヒーローなのです。友達に見せたくて、自慢したくて、自分を何倍も大きく感じさせてくれる人。楽しくて、優しくて、認めてほしくて、褒めてほしくて、離れがたくて、いつでも会いたくなる人。

そりゃあ恋するダリルの目にもなりますねという話です。もちろん私にとっても、Kくんの存在はそれはそれはありがたく、いっそ正式な我が家のお兄ちゃんになってくれないかと思ってしまうくらいです。旦那と同い年ですが（笑）。

ちなみにKくんのスマホの待ち受け画面は現在次男の絵日記の絵になっていて、Kくんも次男もそれが嬉しくてたまらない様子です。相思相愛かい！

Kくんのおかげで、次男がこんなに明るく笑う子だったのかと初めて知ることができました。素敵な友達に恵まれてよかった！

「THE WALKING DEAD」を見ていて本当によかった！ダリキャロを応援し続けてきてよかった（と、やっぱりここに着地する）！

3 ユンタが安心できる人

しつこいようですが、前述のゾンビドラマを通じて、Kくん以外にも友達ができました。

同年代の女性漫画家（バツイチ独身）は、50歳になったらジョージ・クルーニーのような男がバーでたまたま自分の隣に座り、**「このピスタチオ固いわね」くらいのなにげない会話から自然な流れでプロポーズされる**はずである、とその日を待ち構えていますし、やはり同年代の男性漫画家（既婚、娘2人）はグラビアアイドルの顔に**松崎しげるの特に黒い顔**をアイコラしちゃあみんなに送信して既読スルーされまくっています。この人に限っては本当にバカじゃないの、と心の底から思うのですが、ゾンビつながりの友達はみんなどこか妙なところのある人ばかりで、話題も深刻なものがなにひとつなく、とても居心地がいいわけです。

その中に、とても素敵な夫婦がいます。

旦那さんは交通事故で首から下の痛覚がなく、車椅子に乗っています。

奥さんは彼が入院していた病院で彼を受け持っていた看護師さんです。

彼の退院に合わせて結婚し、彼女は今も毎日彼の面倒を見続けています。

そこだけを聞くと、天使のような奥様と、神様に近い旦那様、という美しい図が思い浮かぶと思うのですが、**それがまったくそんなことないんです。**


この二人はゾンビやホラーやスプラッターやプロレスや縦ノリのパンクや荒めのパチンコが大好きで、そのどこにでも奥さんが車椅子を押して旦那さんを連れて行き、二人で等しく楽しんでくるのです（**それでまたこの奥さん、パチンコがめちゃめちゃ強い**）。

なんて素敵なカップルだろう、なんて満ち足りているんだろう、と会うたびに胸がいっぱいになってしまいます。

彼らと知り合って間もない頃、私が「男の子が3人いて、長男がダウン症なんだ」と車椅子の彼に言うと、

「俺、首から下痛くないからプロレスやったらある意味無敵よ！　今度うちに連れて来なよ！」と明るく誘ってくれました。

「でも長男はしゃべれないし、人見知りするし、場所見知りするし……」

と言い淀む私に、彼は、

「大丈夫だよ、生きるうえでの不自由さは、周りのみんなに助けてもらえばいいんだよ」

と彼にしか口にできない、説得力のある優しさで教えてくれました。

彼といいKくんといい「子どもと関わる＝プロレスごっこ」という図式ができあがっているのがなぜだかはよくわかりませんが、私はユンタよりもむしろ弟たちに、この夫婦の素敵さを見せておきたいと思いました。

ある日、3兄弟を連れてこの夫婦の住むマンション（車椅子対応になっているので扉が大きく、廊下も広く、とにかく部屋がデカい）を訪れました。

車椅子というより、**彼の金髪のモヒカンに若干恐れを抱いた次男、三男**は、挨拶もろくにできないますでに来ていたKくんにくっついてしまい、早速リビングでプロレスごっこを始めました。

ユンタはというと、コワモテの彼と、下品な感じのステッカーがべたべた貼ってある車椅子を交互に見て、納得したように一言、

「せんせっ！　あそぼ！」

と言い放ちました。

彼のどこが「先生」に見えたのかはわかりませんが、ユンタの目には瞬時に彼が**「生き方を教えてくれる人」**に映ったのでしょう。

ユンタは「ユンタにしか見えないモノの見方」で人を見ているのだな、と思い知らされた瞬間でした。そして意外と、見る目がある。

なんの戸惑いもなく車椅子とモヒカンのお兄ちゃんを気に入ったユンタは、その後もぴ

ったり彼に寄り添い、手を膝の上に乗せ、なにをしゃべるでもなく二人でのんびりしていました。

次男にとってKくんが初めての自慢できるお兄ちゃんだったのと同じく、ユンタにとっても、車椅子の彼は、初めての安心できる相手だったのかもしれません。

デッキで寛《くつろ》ぐ二人の姿は私の目にはとても美しい光景で、フランダースの犬か何かの一ページに見えてしまう勢いだったのですが、そばにいる奥さんはスケバンがチェーンソーを振り回してところかまわず肉を切り刻む漫画を読んで笑っているし、Kくんは弟2人にコーラの一気飲み（からのゲップ）を披露しているし、女性漫画家は午前10時ですでに酔っぱらっているしで、やっぱりなんだか妙な空気の、妙な集まりなのでした。

この人たちと、3兄弟の成長をみんなでワイワイ言いながら見届けられたらいいのにな、と少し感傷的になっていたのはおそらく私だけの、美しくも騒がしい一日でした。

4 奥山佳恵さんにお会いしました！

ご存じの方がほとんどだと思いますが、奥山佳恵さんは現在、美良生《みらい》くんというとってもかわいい4歳のダウン症のある男の子を育てていらっしゃいます（美形の長男くんは中1です）。

以前、ご縁があって一度お会いしたことがあるのですが、奥山さんのかわいらしさ、明るさ、母としての器の大きさは素です！　本物です！

美良生くん、ユンタを交えたこの日の再会もとても楽しいおしゃべり会となりました。

左：奥山さんと美良生くん、右：私とユンタ。
※ユンタはお尻を向けています（汗）

たちばな

お久しぶりです。美良生くん大きくなりましたね！　幼稚園に通っているんですか？

奥山さん

昨年の4月に支援型幼稚園の年少クラスに入園しました。毎日元気にバス登園しています！　公立の保育園で健常児と一緒に育てたいという希望もなくはなかったんですが、結果的に支援型幼稚園を選んで本当によかったです。保育、療育、食育のすべてを手厚くサポートしていただき、毎日が感謝の連続です！

たちばな

たしか8ヵ月前にお会いした時の美良生くんはおぼつかない歩きだったような……（元気に歩き回る美良生くんを見ながら）。

奥山さん

そうなんです！　**ここ半年くらいで急にしっかり歩けるようになりました！**　歩行に関しては3歳を過ぎたあたりからさすがに少し焦っていたんですが、つくづくダウン症の子の成長って、周りが焦ってもいいことないですね。空回りして疲れるだけです。美良生はまだオムツも取れていませんし、摂食が特に苦手でいまだに離乳食なんですが、この子にはこの子のリズムがあるさ、と信じて、**焦らないことに決めました！**

たちばな

おおらかな奥山さんを見習いたいです（部屋の隅で座り込むユンタに冷めた一瞥をくれながら）。奥山さんは子どもがダウン症だとわかってから、落ち込んだりしなかったんですか？

奥山さん

落ち込みましたよ！　生後2ヵ月半まではほぼ毎日泣いていました。

たちばな

なにか転機があったんですか？

奥山さん

生後2ヵ月半の時、初めて母に「私の子、ダウン症なんだ」と電話で伝えたんです。なぜそれまで母に言えなかったかというと、それまで私は友人や遠い親戚に努めて明るく「ウチの子ダウン症なの」とカミングアウトしていたんですが、ダウン症、という言葉を口にするたび自分で自分の言葉に傷つき、相手の反応にもいちいち深く傷ついていたんです。あの時期は、もし今母に否定的なことを言われたら、それこそ立ち直れずに育児放棄しかねないというくらい弱っていましたね。2ヵ月半かけてようやく心に少し筋肉がついてきたところで、思い切って言うことができました。

たちばな

お母様の反応はどんな感じでしたか？

奥山さん

あらそう、ならみんなで育てましょうよ、って感じの軽い返事でしたね。どうやら母は、生後間もない美良生を見た時からうすうす感づいていたようなんです。むしろ逆に、なかなか言ってこない私を心配してくれていたようで……。その日電話で母に向かってわんわん泣いて、泣きやむ頃には心がうんと軽くなっていて、ごく自然に美良生を愛しいと思えるようになっていました。母に事実を伝えたことで、ようやく私も美良生の母になれたんだと思います。それ以来、一度も泣いていませんよ。美良生と同じく、笑ってばかりの毎日です！

たちばな

私もカミングアウトにはほとほと疲弊したんですが、そもそもダウン症って響きがよくないですよね。

奥山さん

本当にそうですよね！　ダウン博士が発見

したからダウン症なわけですけど、博士が**マイケルとかスピルバーグ**って名前だったらイメージがだいぶ変わりますよね。「ウチの子、スピルバーグ症候群なの」なんて（笑）！

たちばな

中学生のお兄さんと美良生くんの関係はどうですか？

奥山さん

おおむね良好なんですが、美良生はお兄ちゃんを自分と同い年の友達だと信じているので兄は泣かされっぱなしですね。昨夜もやっと完成したレゴの大作を破壊され、男泣きしていました（苦笑）。親なき後に関しては、お兄ちゃんに美良生の面倒をみてもらいたいとはまったく思っていません。お兄ちゃんにはお兄ちゃんの人生を歩んでほしいです。と言いつつ、実はまだ目の前の一日一日に精一杯で、遠い将来に関しては考えが及ばないというのが本当のところです。不安がまったくないわけではないのですが、美良生の笑顔を見ていると、自然と「なんとかなるさ」と思えてしまうんです！

たちばな

美良生くんの子育てで一番困ったことはなんですか？

奥山さん

自分から動かないと情報がなにも入ってこないことですね。結局今活用している情報や知識も9割以上がママ友からの口コミなんです。以前、美良生を担当してくれた保健師さんに「障害児を産んだ母親は混乱しているので、どんどん情報を与えてください」とお願いしたんですが、保健師さんからは「お子さんを障害児だと決めつけてお母様を傷つけたくない」と言われてしまいました。わかるような、物足りないようなな……。やはり障害児の母にはママ友が必要だ！　と痛感しましたね。

たちばな

私、ママ友がほとんどいないんですけど、どうやったら奥山さんのようにたくさんママ友ができるんですか？

奥山さん

それは恋と同じです！「気づけばもう、なっている」のがママ友ですよ！　だってもう私とたちばなさんもママ友じゃないですか！

たちばな

え!?　そうなんですか!?

奥山さん

そうですよ！　甘え上手は子育て上手というじゃないですか！　ママ友同士、甘え合って助け合って、飲める人とはお酒を飲ん

全身で喜びを表現する美良生くん。ママにそっくり！

高い所から見る景色に夢中のユンタ。

たちばな

で、楽しく子育てしていきましょう！

了解です！　まずは飲みに行きましょう（笑）！

第4章

一人立ちできる人になってくれ！

1 移動問題から余暇問題へ

就学前のユンタ育てで一番大変だったのは、なんといっても**移動です。**

ユンタは一人で移動できません。小3の今でも学校と学童クラブ以外の場所には、どこへ行くにも必ず親が同行します。夫が休みの日なら手分けしてなんとかなりますが、夫のいない日などは弟たちを自宅に放っておくわけにもいかず、全員連れての大移動になってしまいます。目的地はたいがい病院がらみで特に楽しい目的のある大移動ではないので全員機嫌が悪くなる。機嫌の悪い子どもたちを連れての大移動、この疲労感たるや、寿命を縮めるレベルです。

移動で一番苦労したのは3年前、3兄弟が全員同じ保育園に通っていた頃です。

三男を抱っこひもで抱っこし、子ども乗せ自転車の前座席に1人、後ろ座席に1人、さらに後ろ座席の背もたれに特大サイズの保育園バッグ3つをぶら下げ、あまりの重さに重心も定まらないまま、「あの自転車は大丈夫だろうか、倒れないだろうか」と見る者全員を不安と緊張に陥れるような危うさで毎日の送り迎えを続けていました。

実際、倒れたのは一度だけ。それも私一人の時だったので、**ひざの骨にヒビが入って3週間の松葉杖生活を強いられました**が、まぁこれくらいですんでむしろ幸運だったと思います。障害児を筆頭に3人の男の子を育てていれば骨の一本くらい**折れてやむなし**という話です。

ユンタは現在、朝の通学はほとんど一人でしています。時々学校から「まだ来ない」と電話がきたり（たいがい校内の池のほとりで亀やめだかを眺めている）、道で座り込んでいるところを通りすがりの保護者の方に誘導していただきながら（後日それを伝え聞いて土下座したくなったりしながら）、とにかく無事故でなんとか通っています。

学校から学童クラブへ、学童クラブから自宅への移動はヘルパーさんにお願いしていますし、小学生になった次男は自力で登下校するので、保育園の送り迎えは三男一人。

本当に、楽になりました。自転車が軽くなりました。

実際はユンタが成長したのではなく、次男の成長によるところが大きいのですが、おそらくむこう3年（ユンタが小学校を卒業するまで）の日々の移動は、このままなんとかなるのではないかと期待しています。

我が家の移動問題は**山場を越えた**といえるでしょう。

移動問題を乗り越えるということは、障害児育児の山場を越えるということです。

三男が保育園を卒園してお迎えの必要がなくなった暁には、今までの自分のがんばり代として、夫に10万円くらい要求しようと思っています。

がしかし！

どうやら知的障害児者には、移動問題の次に**余暇問題がやってくるらしいのです！**

それが結構大きな問題らしいのです！

その後の人生に大きく関わるらしいのです！

法律的には18歳までは誰でも児童館を利用していいのですが、実際のところ障害のあるなしにかかわらず、中学生以上の日常的な利用は多くはありません。

さすがに居心地が悪くなるのでしょう。

では知的障害のある中学生、高校生は、終業後どこでどんな余暇活動をしているのでしょう？

活動の場が学校からも家からも遠かったら移動手段はどうなるのでしょう？　電車？　タクシー？　週何回？　費用は？

わからないことばかりの余暇問題にも、そろそろ考えを巡らせるべき時がきたようです。

余暇情報を集めてみました！

中～重度の知的障害のあるユンタはおそらくスクールバスで養護学校の中等部に通うことになると思います。そこで、養護学校中等部の皆さんが、平日の終業後から夕方まで、どんな余暇活動を送っているのかリサーチしてみました。

パターン① 放課後等デイサービスを利用する

どうやらこれが一番人気のあるすごし方のようです。

各人の保護者が利用したい事業所と契約し、事業所の方に学校の終業時間に合わせて迎えにきてもらい、活動の場に（たいがい車で）移動、そこでリトミックや簡単なおやつ作り、お散歩、お絵かき（場所によってはパソコン遊び）などをしてすごします。

土・日は動物園や博物館などへのお出かけもあるそうです。

利用料金は事業所や自治体によって負担額に差があり、また収入によっても上限額が変わってくるようですが、１回あたりの利用額は1000円程度のことが多いようです。夕方６時くらいに自宅まで（たいがい車で）送り届けてくれるとのことで、ぜひ利用したいです！

パターン② ヘルパーさんと目的地へ移動

放課後等デイサービスは毎日利用できるわけではないので、利用できない日はガイドヘルパー（移動支援従業者）さんに行きたい場所へ連れて行ってもらうことが多いようです。

おけいこ事に通ったり、プールに連れて行ってもらったり、図書館に行ったり、時にはファーストフードでおやつを食べたり。

日帰りショートステイ先に連れて行ってもらい、事前に預けておいた携帯ゲーム（DSやPSP）をやらせてもらうこともあるようです。

パターン③ まっすぐ帰る

もちろん終業後、スクールバスでまっすぐ自宅に帰ることも可能です

(実際はまっすぐ帰る子はほとんどいなかったりするそうですが)。

しかしほとんどの場合、スクールバスは自宅ではなく自宅そばのバスポイントまでしか送ってくれず、しかも保護者への引き渡しが原則なので、働くお母さんには難しそうです。

パターン④　いったん帰宅してからの活動

帰宅後、近所の友達と遊んだり、おけいこ事に通うこともあるようですが、やはりこれも親がついていかないとならないので働くお母さんには難しそうです。本人が嫌でなければ自力で学童クラブに行って好きにすごし、自力で帰ってきてもらえると助かるんですけどね。

パターン⑤　ヘルパーさんと自宅待機

ヘルパーさんに自宅の鍵を渡し、子どもと一緒に自宅にいてもらうことも可能なようです。しかしやっぱり抵抗のある保護者が多いようですね。我が家の場合を考えると、ヘルパーさんが来るから掃除しなくては、というプレッシャーに耐えきれず、お断りすることになる気がします……。

パターン⑥　鍵っ子

これは中１ではなかなか難しいようですが、ヘルパーさんに自宅まで送ってもらい、自分で家の鍵を開け、ヘルパーさんにはそこで帰ってもらい、本人が家の中から鍵をかけて一人で留守番する、ということも中３くらいになると徐々にできる子が多くなるようです。

これができると余暇問題もかなり楽になるらしいですよ！

2 ワクワクレスリングを見学しました！

早稲田大学（東京・西早稲田）の17号館地下2階にレスリング場があり、ここで土曜日（月2～3回）、ダウン症、自閉症児者と親きょうだいのためのレスリング教室「ワクワクレスリング教室」が開かれています。

つい先日、すでにここに7年以上通っているという小6のダウン症男児のお母さんに声をかけていただき、ユンタと三男を連れて見学に行ってきました。

そして大いに大いに大いに、**感動して参りました！！！**

なににそんなに感動したかといえば、それはもちろん、幅広い年代の障害児者が思い思いのペースで練習している姿であるとか、見守る家族のあたたかい表情であるとか、「早稲田大学に初めて入っちゃった！」という昂揚感であるとか、レスリングを通して、きっともっと大切なもの、挨拶であるとか、スポーツマンシップであるとか、友情なんかも学ばせていただいているのだろうというありがたさなど、挙げればきりはないのですが、それよりなにより、**レスリングがかっこいい！　という感激!!　これにつきます!!**

私はもともとプロレス観戦が大好きで、ミーハー心を抑えきれず近所のレスリング道場に入門していた（しかし特になにも教わらず脇のほうで地味に筋トレしていた）という過去があるのですが、そのミーハー魂が完全に蘇りました。

しかもコーチの太田拓弥さんはアトランタ五輪の銅メダリストなんですよ！

日本の英雄なんですよ！

声のかれ方、首の太さ、耳のつぶれ方、優しそうな笑顔、リーダーシップ、**どこをとってもめちゃめちゃかっこいいんです!!**

しかもそんな素敵なコーチが「いつの日かレスリングをスペシャルオリンピックスの正

式種目にするのが夢なんですよ」なんて素敵なことを言ってくださっている！

「桜庭和志とは飲み友達だよ」なんておっしゃっている！

「この前永田が練習に来たよ」とおっしゃって新日本プロレス・永田裕志の生「ゼァ！」の動画を見せてくださっている！

これはもう、ユンタのやる気はどうであれ、**私がついて参ります！**と、その場で入会を即決した次第です（笑）。

予想通り、ユンタはまったくレッスンに加わろうとはせず、三男とレスリングマットの上を走り回るだけでした。付き添いでいらしているお母さん方も口々に「参加できるようになるまで半年かかった」「ウチは1年」とおっしゃいます。こればっかりは本人が状況を把握するまで待たなくてはならないようです。

ちなみにレッスン費をどうするべきか、紹介してくれたお母さんにそっと聞いてみると、練習に参加できるようになるまで払う必要はない、というのが太田コーチの考えだそうで（男前！）、しばらくは「なんとなく遊びに」行かせていただくことになりそうです。

ついでに言うと、この日は来ていませんでしたが、ダウン症者界の有名人、あべけん太さん（普通自動車運転免許取得者！）もここの古くからのメンバーだそうで、お会いするのが楽しみです。

いつかユンタが歯をくいしばってタックルに入る姿を見ることがあったら、私は間違いなく号泣するでしょう。そんな日を楽しみにできる日が来ただけでも、ワクワクレスリングを紹介してくれたお母さんに感謝、太田コーチに感謝、プロレスに感謝です！

ゼア！

あべけん太さん(28)にお会いしました！

ダウン症のある有名人、あべけん太さんにお会いすることができました！

けん太さんは小学校・中学校の通常学級を卒業後、フリースクールで５年間勉強し、現在パソコンソフト会社の総務部でパソコン入力や備品の管理、清掃などの仕事をしつつ、週末はタレント活動、講演会と多忙な毎日を送っています。

普通自動車運転免許も持っています！　ビールも大好き！　行きつけの美容室は中目黒！

特技はレスリング（10年のキャリア）、絵画（個展を開く実力）、最近ボクシングも始めました（なんとお兄さんは元プロボクサー）！

まさに日本のダウン症児者の可能性を牽引する存在なのです！

今一番楽しいことはなんですか？

たちばな

あべさん

タレント活動です。仕事との両立を心がけています。体力づくり、健康管理にも気を配っています。

ダウン症を持って生まれてよかったなぁと思うことはなんですか？

たちばな

あべさん

友達がたくさんできることです。次世代のダウン症を持つ友達の憧れの存在でいられることも嬉しいです！

たちばな：これから挑戦したいことはなんですか？

あべさん：タレント業、俳優業にさらに精進したいです。

たちばな：楽しかった思い出を教えてください。

あべさん：2011年の春に、お父さん、お母さんと伊豆高原に旅行に行ったことがとてもいい思い出です。その年の夏にお母さんは亡くなりました。お母さんのことはすべてがいい思い出です。

たちばな：将来の夢を教えてください。

あべさん：かわいい彼女を作って結婚するのが夢です！

たちばな：好きな言葉を書いてください。

今日も一日楽しかった!!

あべけん太

3 ショートステイ始めました！

ユンタは小2の12月からショートステイ（短期入所）を利用しています。ショートステイには日帰りと宿泊がありますが、まずは週末のみ、日帰りでの利用です。自治体にもよるので参考程度になりますが、ユンタの場合は6時間以内の日帰りであれば月12回まで利用でき、費用は昼食、おやつ代の実費込みで一回700円程度です。

この日帰りショートステイ、**ユンタにはハマりました。**人見知りも、場所見知りも、座り込みもなく、あっさり慣れることができたのです。ユンタにとってはうるさい弟たちに邪魔されず、うるさい私にも注意されず、優しい職員さんに存分に甘えられる理想の遊び場なのでしょう。

今まで**自宅でどれだけ居心地の悪い思いをしてきたのか**の表れにも見え、多少なりとも心は痛むのですが、3兄弟が一緒に住んでいれば居心地なんていいわけがないので**それは仕方ありません。**

このショートステイ先は低層マンションの2階をすべてワンフロアにしたような造りになっており、とても広いうえに清潔、安全です。

和室ゾーンあり、キッチンあり、広いリビングには大画面のテレビあり、その前には6〜7人掛けのソファもあります。食事をとるダイニングテーブルは大家族用の特大サイズで、即座に**団欒**という言葉が浮かぶほどアットホームです。

さらに宿泊用の個室はベッドと布団を選べたり、各部屋にテレビがあったり、まるでどこかの大企業の保養所のようで、思わず私も泊まりたくなってしまいます。

ショートステイを利用し始めるきっかけは、私の**突然の入院・手術**でした。

軽い気持ちで受けた子宮頸がんの検査で「子宮頸部高度異形成」という前がん状態の病変が見つかり、がん化する前に切り取ってしまいましょう、ということになったのです。

入院期間は2泊3日（木・金・土）。土曜はさておき、問題は木・金です。

祖父母に頼れない我が家は夫が仕事を休むしかありません。幸いフリーランスの仕事なので、**夫が木・金の分の仕事の収入を諦める**（同業者に代わってもらう）という方向で調整、保育園のお迎えや食事問題（夜は連日スーパーのお惣菜でしのぐ）をなんとか乗り切りました。

乗り切りはしましたが、術後間もない体ですぐさま元通りの過酷な生活をするのは**死を間近で感じるほどしんどく、**また、**実際死ぬんだ、**ということを真面目に考えるきっかけとなりました。

ぼんやりとした遠い未来でなく、私も夫も結構すぐに死ぬ。

ユンタにいずれは身辺自立して趣味を見つけてもらい、気の合う仲間とケアホームでのんびり穏やかに暮らしてほしい、などと余裕の面持ちで理想を語っている場合じゃありません。

私が死んでも大丈夫でいられるようななにかを、とにかく早く始めなければ……と、ようやく重い腰を上げ、ショートステイの登録に向かったのです。

日帰りショートステイはまだまだ練習。いずれはお泊まりに挑戦し、自宅以外の場所でもルールを守って生活し、ストレスを感じたら職員さんを選り好みすることなく、「助けて」「困った」をすぐに伝えられるようになってほしい。親以外の大人に心を開ける社交性を持ってほしい。

親なき後、家族になるのはケアホームの職員さんなのですから。

くかー
入院自体は完全なるリフレッシュ休暇でした

4 初めてのお泊まり

ユンタ、小3の夏休み。

日帰りショートステイを利用し始めて8ヵ月。

ついについに、**初めてのお泊まり（夕方6時〜翌朝10時）に挑戦しました!!**

宿泊当日は夏休みということで、朝はいつも通りお弁当を持って学童クラブへ。いつもは5時にヘルパーさんと帰宅しますが、この日は私が4時にお迎えし、帰宅途中にコンビニでアイスを買い、家でのんびり二人でアイスを食べました。思えばユンタと二人でおやつを食べるなんて、三男が生まれて以来初めてのことでした。

この時点でなんだかもう、**達者でやれよ、**と里子にでも出すような気分です。

お泊まりという言葉には春の合同移動教室のおかげでいいイメージがあるのか、嫌がることもなく無事ショートステイ先（自転車で20分）に送り届けることができました。

とはいえ、なんでこんなタイミングでここに来たのかイマイチわからない、といった様子で中へ入っていくユンタの背中を見送りながら、健気さに胸を打たれる思いがしました。

知的障害があるからといって、ユンタといつまでも手をつないでいるわけにはいきません。私自身も**「ユンタをお任せする練習」**をしなくてはならないのだと、改めて実感しました。

なんだか落ち着かない一夜でしたがショートステイ先からの緊急の電話などがくることはなく、無事にお迎え時間となりました。

座り込んで動かず、職員さんに背中をさすられているだろうか。

ドアを開けるなり、無言で駆け寄り抱き付いてくるだろうか。

ご飯を食べられずお腹をすかせているだろうか。

慣れない布団で寝られなかったんじゃないか。

悪いパターンばかりを想像しながらショートステイ先のドアを開けました。

するとユンタは、ソファの上で**オカダ・カズチカ（プロレスラー）のレインメーカー（必殺技）のポーズをノリノリで真似していてこちらに気付く様子もない、**という**完全に予想を裏切る展開**でした。

ユンタに気付かれる前に職員さんにユンタの様子を伺ったところ、ユンタは夕食こそ時間がかかったものの、お風呂も半介助で問題なくすませ、夜9時になると自分から寝室に入ってぐっすり眠り、朝7時になると自分で起きて着替えをし、朝ごはんを食べた後はプロレスラーの真似などをしながら現在に至る、とのことでした。

初めてとは思えない落ち着きぶりだったらしく、8ヵ月にわたる日帰りショートステイの経験は無駄ではなかったようでした。

職員さんに「ママがお迎えに来たよ」と声をかけられたユンタは、ソファから降りるな

り右手を突き出して左手で顔を覆い、**中邑真輔（プロレスラー）の入場シーンを真似しながら**私に近付き、

「ママ、カレー（が食べたい）**！」**

と一言。

ちょっと拍子抜けのような、頼もしいようなユンタの一言に吹き出しそうになりながらも、ユンタのわずかにホッとしたような笑顔を見て、心の底から「がんばったね」と声をかけました。

また一歩前に進んだね。世界が広がったね。いつもは弟たちと3人で寝ているのに、昨夜は一人で寝たんだね。泣かなかったんだね。大きくなったね。強くなったね。がんばってくれたんだね。ありがとう、ユンタ。

初めてのお泊まりのお迎えは、想像以上にサバサバしていたユンタと、想像以上に感傷的になった母との対面になったのでした。

5 初めてのお泊まり（その後）

初めてのお泊まりのお迎えをすませた午前10時。この日は平日だったので次男はすでに学童クラブに行っています。しかもこの日は学童クラブの夏休みイベント、「カレーパーティー（みんなでカレーを作って食べる日）」だったのです。

お迎え時の第一声が「ママ、カレー！」だったユンタにとって、まさにうってつけのイベントです。喜んで行きたがるかと思いきや、ユンタはカレーパーティーに「行かない」と即答。「カレーだよ？　カレー食べたかったんでしょ？」と聞き返しましたが「行かない」と言って譲りません。

慣れないお泊まりでそれなりに疲れがあるのだろうと思い直し、この日は学童クラブを欠席することにしました。

するとユンタが「コンビニ行く」とリクエスト。自宅そばのコンビニに立ち寄ると、カゴを私に持たせ、**入れるわ入れるわ、お菓子、ジュース、アイス、カツ丼（カレーじゃないのかよ！）**の山。

おそらくそれはユンタの疲れの表れであり、思いついた唯一のストレス解消法なのでしょう。

ひとまず全部買って家に帰ると、ユンタはそれらを食べながらひたすらゴロゴロゴロゴロ、好きなアニメを見ながらゴロゴロゴロゴロ、お菓子をつまんじゃあゴロゴロ、カツ丼をつまんじゃあゴロゴロ、ゴロゴロゴロゴロ。

今日は特別、ということでしばらく大目に見ていましたが、最終的にゴロゴロ開始**5時間**を経過した時点で**「いい加減にしろ‼」**と私が雷を落とすこととなりました。

この「お泊まり後の過剰なゴロゴロ」がごく小さくなるまで、ユンタのお泊まり練習はまだまだ続きます（汗）。

6 介助員さんにインタビュー

前述しましたように、ユンタは今でも月に数回の日帰りショートステイの利用を続けています。また、同じ施設で初めてのお泊まりも経験しました。こちらでの介助員さんとの関わりや、みんなで食べるお昼ごはんはユンタにとって**「優しい大人がかまってくれるドリームタイム」**のようで、毎回行くのをとても楽しみにしています（どれだけウチでほったらかされているかの裏返しとも言えますが）。

いずれ来る親なき未来への練習が、ユンタにとっての楽しい時間になっていることは、なんだか第一関門を突破したような安心感があり、つくづく日帰りショートステイを利用してよかった！　と思っています。

本日はユンタがお世話になっている、社会福祉法人いたるセンター（「短期入所・日帰りショートステイ クローバー」／「日帰りショートステイ マルコ」）の職員のKさんとNさん（ともに女性）にお話を伺いました。

たちばな
Kさん、Nさんこんにちは！　いつもユンタがお世話になってます！

Kさん
Nさん
こんにちは。

たちばな
まずは、短期入所と日帰りショートステイの違いを教えてください。

Kさん
短期入所は1泊から数泊、泊まりでお預かりする事業で、日帰りのショートステイは日中のみお預かりする事業です。短期入所に空きのある時に日帰りショートステイの受け入れを行っています。宿泊のサービス内容は、入浴・食事の提供で、日常生活上、介助が必要な部分のお手伝いや見守りも行っています。その他独自のサービスとして、平日は学校や通所施設などへの送迎もさせていただきます。例えば授業の終わる時間に学校にお迎えに行き、車でクローバーに移動して宿泊し、翌朝学校に車で送っていくこともできます。送迎は有料ではあるのですが、できる限り普段の生活リズムと変わらない形でご利用いただけるよう、送迎サービスを行っています。

たちばな
こちらの施設は何歳から利用できるんですか？

Kさん
5歳からです。知的、身体に障害のある方で、短期入所の受給者証が出ている64歳までの方を対象としています。医療的ケアが必要な方や、感染症の方はご利用いただけません。

たちばな
ところでお二人は、障害児はこのような施

設で親元を離れてすごす練習をすべきだと思いますか？

Kさん
Nさん
思います（2人同時に）。

Kさん
ご家族のいない空間で自分の時間をすごせるよう練習するのはとても大切なことだと思います。

Nさん
他人とストレスなくコミュニケーションを取れるようになることも大切ですが、保護者以外の大人に助けを求められる人になるのがまず重要だと思います。

たちばな
宿泊の練習も必要だと思いますか？

Kさん
Nさん
思います（またしても2人同時に）。

Kさん
障害児者の保護者の方は「いざという時のために」と、契約はされるんですが、本当に**いざとなるまで利用されない方も多いんです。**緊急時に突然預けられたらご本人も緊張しますし、お預かりする側も、受け入れ可能かの判断に迷ってしまいます。ぜひ**「いざという時に慌てないため」**に、早めのご利用をお願いしたいと思います。

たちばな
宿泊は何歳くらいからの利用がよさそうですか？

Nさん
学校行事で外泊するようになるくらいの年齢になっていれば大丈夫かと思いますよ。

たちばな

大泣きしてしまう子にはどう対処されるんですか？

Nさん

まずは一通り、ご本人の集中できる遊びを一緒に探します。おもちゃを渡す、景色を見せる、抱っこ、おんぶ、歌、手遊び、絵本、テレビ、お茶、一通りすべてやって、それでもだめなら、とにかく安全で静かな場所で落ち着くのを待ちます。

Kさん

泣いている宿泊の子には、他のご利用者が落ち着いて横になっていらしたら、1～2時間程度添い寝もします。

たちばな

実際、どの程度の身辺自立ができていると集団生活が送りやすいのでしょうか？

Kさん

ここではご本人が必要とされる介助は行っているので、**自立度はあまり問題にはならないです。**それよりも、ある程度の**社会性があることのほうが重要**です。一定の空間で他者とすごすには、人を叩いてはいけない、わざと人の嫌がることをしない、といった**最低限のルールを守ったり、守ろうとがんばってもらうことが重要になると思います。**

Nさん

ただ、入浴や排泄、着替えに関しては、自立しているほうが利用しやすいです。なぜなら、この三点に見守りも含め支援が必要な方は、小学校の高学年から同性介助とさせていただいているので、介助者の出勤状況によっては利用をお断りせざるをえなくなります。そうならないためにも、それらが自立できていると安心ですね。

たちばな

Kさん、Nさんのような若い世代の人たちの間では以前より障害者への偏見は減ってきていると感じますか？

Kさん

減ってきているかは不明ですが、どの世代にも、偏見や差別意識のある人はいると思います。実生活で障害者の方と関わることがない人が多いと思うので、知らないことが怖さや特別な人、つまり偏見へとつながっていくんだと思います。

たちばな

逆に私のような保護者の中にも「ウチの子は障害児」とか、「ウチの子はできない子」という見方が定着していることもあると思いますね。必要以上に過小評価していたり、変に過保護になってしまったり。

Nさん

面接の際に保護者の方から**「ウチの子はあれもできない、これもできない」**と聞いていたのに、ここでは励ましのもとで**「あれもできた、これもできた」**になることが結構あるんです。保護者の方にはぜひ「ウチの子はできない子」と思い込まず、自立に向けてご家庭で練習してもらいたいです。

たちばな

ここにお子さんを預けに来る、いわゆる「障害児の母」って、不幸そうに見えます？

Nさん

見えないですよ！ 皆さん育児をがんばっているお母さんです。ただ、施設を利用することに対してものすごく申し訳なさそうにされる方が時々いらっしゃいます。

Kさん

私達はボランティアでなく、仕事として介

助させていただいていますので遠慮なさらずご利用ください。

たちばな

仕事中の心温まるエピソードなんかはありますか？

Kさん

職員がドアに頭をぶつけた時なんかに**「痛いの痛いの飛んでいけ！」**と頭を撫でてくれたり、おやつの時間に自分のおやつを食べさせてくれようとしたという話を聞きました。心が温かくなることはたくさんあります。

Nさん

初利用のお子さんで、緊張して終始表情が硬めだった子が帰りの際にメモ用紙に**「またくる」**と書いて渡してくれたことがありました。嬉しかったですねぇ。

たちばな

「またくる」ってじーんとくるいい言葉ですね。ユンタにも覚えさせます！

聞いてください！　私の愚痴❷

　ある日、子育て中の母親に向けた小冊子にこんな悩み相談がありました。

　投稿者は３歳の女の子のお母さん。

「子どもが泣き止まない。手がかかりすぎてつらい。かわいいと思えない。もうすべて投げ出してしまいたい」という心の叫びだったんですよ。

　回答者は60代の男性小児科医。

「お母さんあなた、３歳といったらなにをやってもかわいい時じゃないですか。ちょっと肩の力を抜いて眺めてごらんなさいな」とのお答え。


バカかこいつは、と。

こいつを回答者に選んだ編集者も全員バカか、と。

　この回答がどれだけこのお母さんを追い詰めるか、孤独にするか、傷つけるか、想像できるやつはいなかったのか、と。

　子育てが「楽しくて当たり前」、子どもが「かわいくて当たり前」なんて祖父母世代の価値観を、子育て中のお母さんに押し付けるんじゃないよ！

　きっとこの回答者にも、小冊子の編集者にも、全員３歳くらいの孫がいて、こーーーーーんなかわいい３歳児をかわいいと思えないなんてかわいそうすぎる！　救ってあげなくちゃ！　くらいの気持ちでこのお母さんの声を拾い、しょうもなく見当違いのこの回答をしたのでしょう。

大きなお世話ですよ。

勝手に孫でもなんでもかわいがっててくださいよ。

　本当に、子育ての現場って孤独ですよね。子どもに障害があってもなくても、どっちにしても孤独。

　思い通りにいくことが一つもない。思い通りにやれたとしてもやっていることに自信はない。１週間くらい、家事も育児も保護者会も全部サボってゴロ寝したい。排水溝のぬめりから目をそらしたい。換気扇フィルターの汚れも見なかったことにしたい。それにこの洗濯物！　なにこの量！　しかも全部うらっ返し！

　この前なんて私、ベランダで洗濯物干しながら**「一体残りの人生の何時間を子どもの靴下の左右合わせに費やすんだろう」**と己の行く末を憂えて涙目になりましたよ！

　たまたまその時ベランダの下を若いカップルが並んで歩いてたんで**「お前ら一人で育ったと思うなよ！」**と上から靴下投げつけたくなりましたよ！

　ホントいつになったら楽になれるんでしょうねぇ。洗濯が１日おきになるんでしょうねぇ。自由になれるんでしょうねぇ。

　あのバカな回答者のように、**「子どもはなにをやってもかわいい」**と思えるようになれるんでしょうねぇ。

第5章

本当にありのままでいいんですか？

1 すだちの里に行ってきた！

それにしても依然としてよくわからないのが障害児の将来、つまりは成人後、もっと言えば**高校卒業後**ですよね。

ユンタの将来を想像するたび、いわゆる支援高校を卒業した後、2～3年自治体の福祉担当さんとすったもんだしたうえで、まぁなんとかどこかの作業所に入所させてもらい、これといった目標もなくただなんとなく家から通い、週末は一日中家でゴロゴロすごし、40歳くらいでまた福祉担当さんとすったもんだしたうえで、どこかのグループホームに入所させてもらい、月に1～2回家に戻ってくるものの、家ではやっぱりゴロゴロしてしまうので「少しは散歩でもしろ」などと、**30年後も今となんら変わらない小言を言っているんじゃないか**と不安になるばかりです。

そんな不安を取り除くべく、「社会福祉法人　東京都知的障害者育成会　障害者支援施設杉並育成園　**すだちの里　すぎなみ**」を訪ねてきました！

たちばな：はじめまして！　たちばなです。

仁田坂さん：はじめまして。施設長の仁田坂和夫です。

たちばな：早速ですが、この「すだちの里」はどういった施設なんですか？

仁田坂さん：この施設はいわゆる「ついのすみか」ではなく、おおむね3年間の利用期間を目安に、グループホームでの生活へ移行できるよう、集団生活や作業の練習をする「橋渡し」のような施設です。基本的に、入所できるのは18歳以上で、現在は男性30名、女性20名がこの施設内で生活しています（他に短期入所の受け入れが6名分あり、計56名で満床となります）。この施設内の作業室で日中活動をする方もいますし、日中はよその作業所へ通って夕方に帰ってくる方もいます。

施設内を見学しながらお話ししましょう。

【日中作業室ではたおり、ビーズ、チラシ折りなどの作業を見学しながら】

仁田坂さん：ここは作業室といっても、内職作業をもくもくとするわけではなく、いずれ作業所などで働くための練習をしたり、自発的に自分のできることに挑戦したり、それを習慣化させるための、いわば練習室です。この施設には障害の重めな方も多いので、まずはなにができるか、どんなサポートを必要としているかを本人の意思を尊重しながら見つけていきます。**お金を稼ぐことがすべてではありませんが、ここでの経験が社会参加への一歩になれば嬉しいですね。**

たちばな：職員さんも**若い方が多くて**活気のあ

る職場なんですね！　入所施設ってもっと静まりかえった雰囲気かと思っていたので意外で、なんだか嬉しいです！

【ユニットに移動】

たちばな　ペンションみたいですね！

仁田坂さん　1ユニット4～7名のユニットが全部で10あります。入所者全員個室で、それぞれのユニットごとにお風呂やキッチンが付いています。

たちばな　お部屋のインテリアは各自自由なんですか？

仁田坂さん　基本的に自由です。モノを身の回りにいっぱい置かないと精神的に落ち着けない方もいますし、置き場所にこだわりのある方もいるので、個性を尊重しています。テレビやゲーム、希望があればネットもつなげますよ。

たちばな　皆さん自由時間はどんなふうにすごされているんですか？

仁田坂さん　週末は自宅に帰る方もいますが、平日の夜はリビングでテレビを見たり、ソファでゴロゴロしたり、マイペースにのんびりすごしていますよ。リビングでのチャンネル争いが起きないよう、あらかじめ見る番組をみんなで決めているユニットもあります。

たちばな　例えば入所前にできていたほうがいいスキルなどはありますか？

仁田坂さん

基本的に必要に応じて介助が付くので特別に必要とされるスキルはありません。もちろんできることが増えるということは自由度が広がるという意味でいいことなんですが、それよりも、**誰かに愛され、必要とされて育つこと**のほうがずっと大切なことだと思います。

入所される方の中には、いろいろな理由から子どもの時につくられるはずの**「愛着形成」**が不十分なことがあり、それが成人後の人間関係の苦労につながる場合が多く見られます。この**「育てなおし」にはかなりの時間がかかりますので、少人数の職員で支援するグループホームではなおさら、個別の対応が追いつかない状況が予想されます。**

たちばな

障害が軽いほうが手がかからないから入所に有利だったりするんですか？

仁田坂さん

それはまったく関係ありません。本人の状況とご家庭の緊急度をすべてひっくるめて考慮しての優先順位となります。逆に障害が重いから有利、ということもありません。

たちばな

入所費って高いんですか？

仁田坂さん

収入によって変わってくるんですが、基本的に入所される方は20歳以上で障害基礎年金を受給されますので、その中でまかなえるようになっています。

たちばな

高卒でそのまま入所する人って多いんですか？

仁田坂さん

地域性もあるのかもしれませんが、身近なところに関しては高卒後即施設やグループホームに入所するという方は少ないですね。まずは自宅を拠点に作業所を探す方がほとんどのようです。

たちばな

ユンタの場合、高卒後そのままなし崩しに無職の引きこもりになりそうな気がするんですが……。

仁田坂さん

外からは見えにくいですが、引きこもりになってしまうケースも少なからずあります。**引きこもりが長くなると本当に対応が難しくなります。**ですから保護者の方は、子どもに障害があるからといってすべてを家庭内でなんとかしようとせず、**相談支援事業所に相談に来てください！**

たちばな

相談支援事業所って全国にあるんですか？

仁田坂さん

あります！

たちばな

それは心強いですね！　引きこもる前に必ず相談に行きます！

主任支援員の二宮《にのみや》さんにもお世話になりました！
コンニチハ！
かわいい！

2 グループホームに行ってきた！

すだちの里でお話を伺った仁田坂さんが、すだちの里から車で10分くらいの場所にあるグループホームの見学をさせてくださいました。

グループホームといったら、まぁそこそこ身辺自立ができていて、一人で作業所に通えて、余暇は友人と趣味を楽しめる人の集まり、というイメージだったのですが、この日見せていただいたグループホームは、いい意味で予想に反するものでした。場所は閑静な住宅街。吉祥寺にほど近い、若者に人気のエリアです。

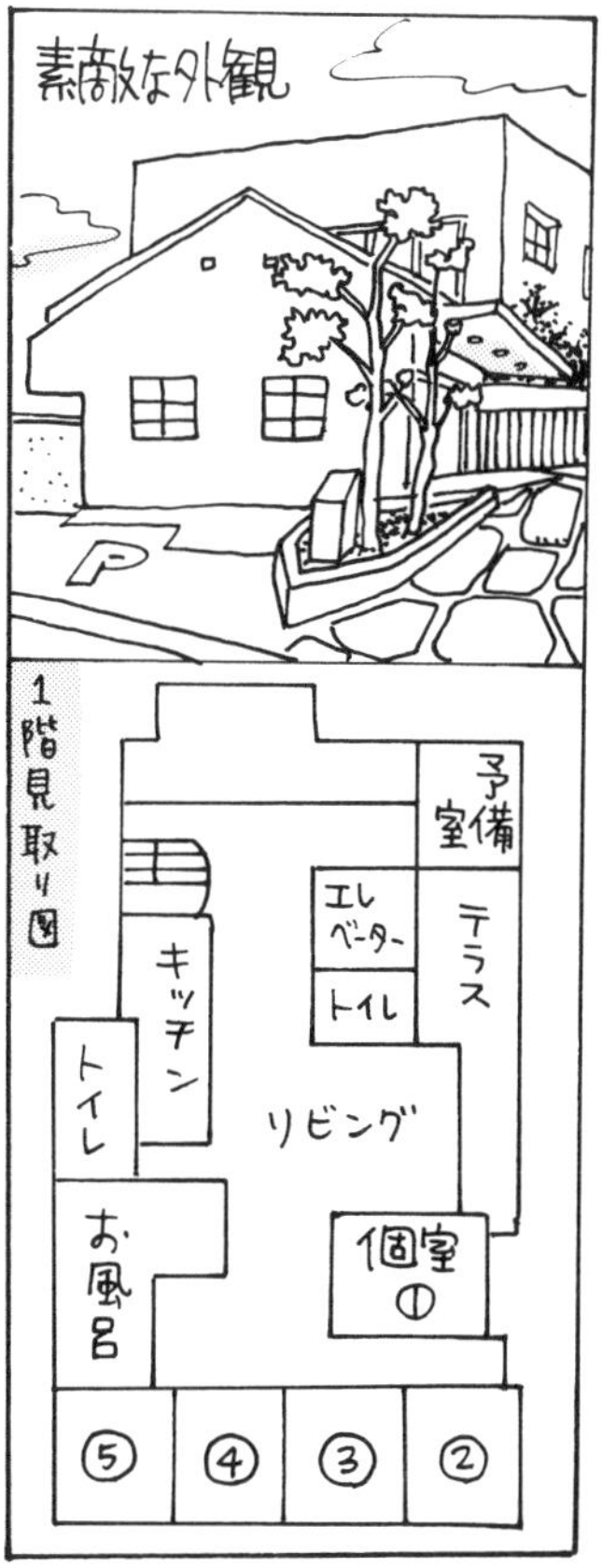

清水さん

ようこそいらっしゃいました。世話人の清水です。

たちばな

かわいい一軒家！　この建物が丸ごとグループホームなんですか？

清水さん

そうです。重度の障害のある方の利用を想定して造られているんですよ。現在は男性7名、女性5名の計12名がここで生活しています。

たちばな

広いですね！

清水さん

車椅子での生活を考慮しているので廊下や扉は特に大きめに造られているんです。リビングの奥には女性5名の個室とお風呂があります。2階は男性7名の個室と、小さめのリビングがあります。

【個室を見せていただきながら】

たちばな

ベッドや机は皆さんが持ち込んだものなんですか？

清水さん

すべて皆さんが持ち込んだものです。**グループホームは基本的に出ていく必要のない場所**なので、皆さん長く使えそうなものをお持ちになります。毎日の掃除は世話人がやっています。

たちばな

洗濯は各自でやるんですか？

清水さん

いえ、洗うのは世話人です。たたむところは一緒にやったりしますが、このグループホームの利用者さんたちは基本的に障害が重めの方が多いので、世話人が生活全般の介助をする必要があるんです。お風呂なんかも車椅子ごとリフトに乗せられるような造りになっているんですよ。

たちばな
清潔で整理整頓されているんですね。我が家のほうが何百倍も散らかってます……。

【1階の広いリビングでお茶をいただきながら】

たちばな
利用者さんの年齢は？

清水さん
下は27歳、上は61歳です。

たちばな
例えば病気になった時はどう対処するんですか？

清水さん
定期通院である程度の予防をしつつ、訪問歯科や訪問リハビリを受けています。もちろん大きなケガや病気になった場合は総合病院に連れて行きます。

たちばな
お正月は皆さん実家に戻られるんですか？

清水さん
例年、全体の半数くらいは帰りますが、**半数は残ってここで年を越しています。**すでにご両親が他界している方もいますしね。ご家族の方とは個人面談をしたり、保護者会で意見を出し合ったりして、お子さんの様子が少しでも詳しく伝わるように努力しています。

たちばな
事業所には皆さん自分で通われているんですか？

清水さん

隣が事業所なので徒歩で通っている方も数名いますが、もう少し遠い事業所に通っている方はバスポイントまで世話人が連れて行って引き渡します。帰りも同様に、バスポイントまでお迎えに行きます。

たちばな

ここが本当に皆さんのおうちなんですね。**素敵な場所で嬉しくなりました！** 本日はありがとうございました。

3 スワンベーカリーに行ってきた！

すでにご存じの方も多いと思いますが、「スワンベーカリー」はおいしいパン屋さんです。おしゃれなカフェを併設している店舗もあります。そして、ここではたくさんの障害者（おもに知的障害者）が健常者と共に働き、経済的に自立しています。素晴らしい！

ここではヤマトホールディングス株式会社特例子会社　株式会社スワン　総務部の藤野広一さんにお話を伺いました。

たちばな

スワンベーカリーはどのようなきっかけで障害者を雇用するようになったのですか？

藤野さん

もう亡くなりましたが、宅急便を開発した小倉昌男が、現役を引退する際に「ヤマト福祉財団」を設立したんです。その2年後に阪神淡路大震災がありましてね。被災地に行き、各地の被災された作業所を視察して回ったんです。すると皆さん、お給料が1万円にも満たないとおっしゃる。これでは**自立のしようがないじゃないか**、と奮起し、これまでの経営ノウハウを活かして**「障害者の作品」では**

なく「売れる商品」を作ろう、と立ち上げたのがこの「スワンベーカリー」です。銀座に1号店ができたのが平成10年のことなのでそろそろ18年になりますね。現在は直営店が4店、フランチャイズ店が全国に25店展開されています。

たちばな

お給料はどれくらいなんですか？

藤野さん

東京都の最低賃金の時給をお支払いしているので、**週5回勤務で月に12万〜13万円、ボーナスが年に2回。**障害基礎年金と合わせれば**十分自立可能な収入になると思いますよ。**ボーナスとは別に、年に1回、盛大なバーベキュー大会があり、これにはご家族の皆さんも参加してもらっています。もちろん費用は会社持ちです（笑）！

たちばな

社員の健常者と障害者の割合はどれくらいですか？

藤野さん

現在は社員89人中、障害者が35人です。半分弱ですね。私もそうですが、ここで働く健常者のほとんどは、**これまでまったく福祉にも障害者にも関わったことのない者たち**なんです。だからこそ**「障害者である以前にいち社員である」**という接し方ができるのかもしれませんね。社員の間違いには厳しいですから（笑）。

たちばな

健常の社員の皆さんは知的障害者と働くことをどう思っているのでしょうか？

藤野さん

特にどうとも思っていないんじゃないでしょうか（笑）。もちろ

藤野さん

たちばな

ん話が通じにくかったり、反応が遅かったり、切り替えが難しかったり、同じことを何度も確認しなくてはならなかったり、気にしはじめたらいろいろあるわけですが、個性だと思っています。**障害、健常にかかわらず、社会に出れば「個性だと思うしかない」と思わされる相手はいっぱいいますからね（笑）！**

たちばな：採用の決め手はなんですか？

藤野さん：基本的には面接になります。手帳の記載（重度、軽度）などは参考程度です。我が社はあくまで利益を追求する会社であって、ボランティアではありません。ですから実際の面談での対応、会話力、笑顔などからサービス業に適した人材かどうかを見極めます。

藤野さん

たちばな

ほかに、**挨拶ができる、人の悪口を言わない、時間を守る、一人で通勤ができる、**などを最低条件としています。

また、サービス業として、社会のルールを守るのは絶対条件です。

たちばな：実際に採用した障害者をどのように教育されているんですか？

藤野さん：**とにかく一緒にやって、見せる、を繰り返しますね。**そのうえで、どうしてもこの作業は難しい、となったらほかの作業、また難しかったら違う作業、と、できる作業を見つけていきます。

パン作りは、揚げる、サンドイッチの具材を挟む、トッピング、袋詰め、出庫、鉄板の洗浄など、作業が細分化できるので、障害があってもできるなにかを見つけやすいんです。

また年に1、2回障害者職業生活相談員を中心に、社会的なルールなどの集合研修を行っています。

たちばな

オープン当初に混乱はありませんでしたか？

藤野さん

もちろん**混乱の連続でした（笑）！**
ホール係がレジの横にずらっと並んでお客様を凝視してしまったり、緊張してお客様の質問に答えられなかったり、もちろん社員同士の小さないさかいもありましたし、実際に辞めていく方もいました。
私はベーカリーの隣の「スワンカフェ」にオープン設計の時点から関わっていまして、オープン当初は店長だったんですが、障害のある社員の教育には丸2年かかりました。社員が長く働いてくれるのでありがたいですよ。

たちばな

障害者が働いている、ということに関してのお客様の反応はどうですか？

藤野さん

おおむね良好、もしくは**ほとんど意識されていないと思いますよ。**オープン当初は「おや？」と思った方もいらっしゃったと思いますが、多くの方が常連さんになってくださり、社員にもよく声をかけてくださっています。

たちばな

「スワンカフェ」は本当にハイセンスでお客様も皆さんおしゃれで、こう言ったらなんですが、約半数が障害者で回っているお店にはまったく見えません！ お店づくりにはどんなことに気を使いましたか？

藤野さん

まずは何より、居心地がよく、サービスがよく、味がよく、メニューにこだわりがあり、安全に配慮する。そのうえで利益をあげる、**障害に甘えない、甘えさせない、**という点にこだわりました。障害者が働く場にはどうしても障害者やそのご家族が集まってしまいがちですが、それだけは避けたかったんです。

たちばな

今後の目標はありますか？

藤野さん

もちろん会社の安泰が日々の目標ですが(笑)、２０２０年の東京オリンピックに向け、障害者雇用をしている日本を代表する会社として、ベーカリー事業だけでなく、新しい障害者の仕事を開発していきたいですね。**働けるのに働けないなんてもったいない！**　すべての働ける障害者が自分の力で働いて、自分で物を買って、自分で生きる力を持てる社会を実現したいですね。

おわりに

できることが少なくて、できるまでに時間がかかり、「できあがる日」が来るかどうかもわからない。そんな息子の未来が、こんなに明るくて、不安よりも安心が大きいものに思える日が来るなんて、考えてもいませんでした。

この本の執筆を通し、息子への「できるようになってくれ！」という焦りは、「なにが苦手かを正しく知ったうえで適切なサポートを受ければいいのだ！」という安心感に。

親なき後への漠然とした不安は「まずは自分が死ぬ前にショートステイで練習を重ねることが大切なのだ！」という具体的なミッションに形を変えました。

そして息子自身が「自分は愛され、必要とされている」と思えるように接することが、なによりも大切なのだと知ることもできました。

もちろん今さらベタベタと褒めちぎったり、神だの運命だのに感謝する気にはならないのですが、「あなたの必死さにはグッとくるものがあるよ」とか、「あなたの穏やかさは誰に似たんだろうね、尊敬するよ」とか、「3年前よりはできるようになってるね」とか、それくらいの温度の言葉なら、毎日でも言えそうです。そして抱きしめて目を見て笑って、息子は息子を、私は私を、毎日少し好きになる。障害児育児の中にある幸せって、そういうものなのかもしれませんね。

この本を書くにあたって、貴重なお時間、アドバイスをいただいた筑波大学の柘植先生、株式会社スワンの藤野さん、すだちの里 すぎなみの仁田坂さん、二宮さん、グループホームの清水さん、いたるセンターのKさん、Nさん、余暇に関する口コミ情報を提供してくださった赤松さん、明るい笑顔で元気を分けてくださった奥山佳恵さん、美良生《みらい》くん、あべけん太さん。編集Oさん。皆さん本当にありがとうございました！

そしてこの本を手に取ってくださった皆様、どこかで必死に障害児を育てている全国のお母さんたちに、心からの感謝と応援を捧げます！　届け届け！

たちばなかおる

たちばな　かおる

1970年生まれ。漫画家。ファッション誌の編集を経て漫画家に。小学３年生のダウン症児の長男を含めた３人の男児の母。著書には、ダウン症児の子育てエッセイコミック『ユンタのゆっくり成長記　ダウン症児を育てています。』（双葉社）、『毎日の生活と支援、こうなってる　ダウン症児の母親です！』（講談社）などがある。

撮影　伊藤泰寛（本社写真部）

しつけはどうする？　将来《しょうらい》どうなる？

ダウン症児《しょうじ》を育《そだ》てるってこんなこと

2016年１月26日　第１刷発行

著者……………………たちばな　かおる

発行者…………………鈴木 哲
発行所…………………株式会社　講談社
〒112-8001　東京都文京区音羽2-12-21
編集　☎03-5395-3529
販売　☎03-5395-3606
業務　☎03-5395-3615
装幀……………………村沢尚美（NAOMI DESIGN AGENCY）
本文デザイン・組版……朝日メディアインターナショナル株式会社
印刷所…………………慶昌堂印刷株式会社
製本所…………………株式会社国宝社

ISBN978-4-06-219901-8